GUY DE MAUPASSANT

BOULE DE SUIF

et autres contes de la guerre

With Introduction and Notes by

W. M. LANDERS, Ph.D.

Formerly Senior Lecturer in French,
King's College London

HARRAP LONDON

First published in Great Britain 1982
by Harrap Limited
19–23 Ludgate Hill, London EC4M 7PD
Reprinted 1983

English edition with Introduction and Notes
© Harrap Limited 1982

ISBN 0 245-53696-5

Typeset by Inforum Ltd, Portsmouth
Printed and bound in Great Britain by
Biddles Ltd of Guildford

ACKNOWLEDGEMENT

We are grateful to Éditions Albin Michel for permission to reproduce the text of the stories from their *Contes et Nouvelles* Volume II, edited by Albert-Marie Schmidt.

CONTENTS

INTRODUCTION 1
 Guy de Maupassant (1850–1893) 1
 The Stories 33
NOTES TO THE INTRODUCTION 39
SELECT BIBLIOGRAPHY 45
BOULE DE SUIF 50
DEUX AMIS 90
UN DUEL 97
LA MÈRE SAUVAGE 103
UN COUP D'ÉTAT 111
L'AVENTURE DE WALTER SCHNAFFS 122
NOTES 131

INTRODUCTION

Guy de Maupassant (1850–1893)

The most famous of all short-story writers, Henri-René-Albert-Guy de Maupassant, was born on 5th August 1850 in Normandy, at the elegant château de Miromesnil, situated at Tourville-sur-Arques near Dieppe. His parents had rented the 'stately home', apparently as a suitable place for the happy event. There has been much discussion as to the writer's place of birth, since the death-certificate refers to a different point of origin, Sotteville near Yvetot, a few miles away to the south-west, while according to local gossip the child was born at his maternal grandmother's house at the neighbouring town of Fécamp and rushed to the château for registration. If there are still doubts about Maupassant's birth there can be none about his death, which was to be as gruesome as anything in literary history.

If the noble birthplace was merely rented, the Maupassants' aristocratic *de* was more genuine than many a *particule* appropriated by French families in the nineteenth century. Although 'in trade' – paternal grandfather Jules ran the State tobacco monopoly at Rouen – the family had its roots in Lorraine, and the author's father, Gustave, sported the coronet of a marquis on a coat of arms granted to the Maupassants in the eighteenth century by the authorities of the Hapsburg Empire, of which the former Duchy of Lorraine was once a dependency.[1] Maupassant *père*, a dandy, dilettante painter and inveterate womaniser, had married a local girl, Laure Le Poitte-

1

vin, who came of a prosperous family established in Rouen with interests in shipbuilding and textiles. As children she and her brother Alfred had formed a close friendship with the young son of a distinguished surgeon who held the post of Director of the hospital at Rouen. The boy in question, Gustave Flaubert, was the future author of *Madame Bovary*. Flaubert's attachment to his friend Alfred Le Poittevin was deep and emotional, and the premature death in 1848 of the young man whom he never ceased to call "mon pauvre Alfred" came as a cruel blow to the novelist and also made a crucial impact on the career of Maupassant, for Flaubert, who never married, diverted much of his frustrated affection to the nephew of his departed friend. So faithful was his concern for Guy that rumours, apparently groundless, have suggested that the latter was in reality Flaubert's son. In 1856 a second son, Hervé, was born to the young couple, a different château having been rented for the occasion. The younger boy was to grow up into a restless and unhappy 'drop-out' who at one stage joined the Army as a private, rose to the rank of non-commissioned officer, returned to civilian life and eventually earned his living as a nurseryman on the Mediterranean coast, thanks to generous financial help from his brother. The unfortunate Hervé's end was to be almost as harrowing as that of Guy.

The brothers were the fruit of an unhappy marriage, and there can be little doubt that the disturbing scenes of conjugal misery and female suffering presented in the novel *Une Vie* and in short stories like *Garçon, Un Bock*! were based on painful memories. In the end the parents decided to separate, and Laure went off with her sons to an attractive house, *Les Verguies*, near Étretat on the road to Fécamp. There Guy spent the happiest years of his life. His mother, whom he adored, was an affectionate if over-indulgent woman of forceful character and lively intelligence; she took charge of his education and directed his reading, but the boy spent much of his time roaming the local beaches and countryside, rowing, sailing, fishing and generally enjoying himself among fishermen, peasants and their children. There he developed a passionate love of the open air and of his native countryside, and with that love an eye for the landscapes and seascapes that have a special charm for so many of his readers. He

2

acquired in addition a first-hand knowledge of the local people and their Norman *patois*. When the time came he had no need to base the speech of his peasants and fishermen on specialised dictionaries, as Zola was forced to do in search of the Parisian slang that he wanted for his novel *L'Assommoir*. It was certainly a happy time, a brief interlude soon to be snatched away for ever, when at the age of thirteen Guy was sent off as a boarder to a Catholic school, the *petit séminaire* at Yvetot. Miserably unhappy, he was eventually expelled for misconduct which mainly involved the authorship of a mildly licentious poem. He later entered the *lycée* at Rouen. There Flaubert's friend the writer Louis Bouilhet and then the great man himself kept in touch with the boy. He was already showing an interest in writing, although at the time more attracted to verse and drama than to fiction. He took his *baccalauréat* in 1869 and then went to Paris to read for a degree in law, but a major European crisis intervened. In 1870 war broke out between France and Prussia, and a disastrous conflict which was to change the course of history turned the student, overnight, into a private in the army of the Second Empire ruled by the great Bonaparte's nephew, Napoléon III.

The 'Iron Chancellor', Prince Otto von Bismarck, had set out to create a German Empire under the leadership of Prussia. He had already, by the military defeat of first Denmark and later Austria, laid the foundations of the future *Reich*. War with France, Prussia's major rival on the Continent, was sparked off by a crisis involving the Hohenzollern candidate for the throne of Spain, a sequence of events in which Bismarck displayed a remarkable mastery of international intrigue.

A generals' revolt having rid Spain of the monarch, the irresponsible Queen Isabella, in 1868, it was decided in the absence of suitable direct heirs to offer the throne to a relative of the King of Prussia, Prince Leopold of Hohenzollern-Sigmarin. The Prince accepted, and the whole of Europe suddenly realised that the power and influence of Prussia would be dramatically increased, but the reaction of France was so violent that the Prince withdrew. Unfortunately the French then decided to humiliate their German rivals by demanding guarantees that the candidature would not be renewed.

The King of Prussia happened to be at the German town of Ems at the time. He thought the French demand unreasonable, but on hearing of the Prince's withdrawal informed the French that he was satisfied and made it clear that he did not wish to discuss the matter any further with their Ambassador. Bismarck was then in Berlin. When the King sent him the notorious telegram from Ems recounting recent events, the Chancellor, who had been authorised by his monarch to communicate the contents of the telegram to the press, then edited it in such a way as to suggest that the French had been subjected to a major humiliation. The revised statement duly appeared in the newspapers, and uproar broke out in the French Parliament. The Cabinet voted for war on 14th July 1870, Parliament concurred on the following day, and the ailing Emperor took personal command of the Army, leaving the masterful Empress Eugénie to pull the strings of government at home.[2] On a tremendous wave of nationalistic fervour and with crowds howling "A Berlin!" in the streets, the French set out to teach the Prussians a lesson.

France had blundered into war, impelled by an enmity that went back through the ages. In 1870 'Germany' was still a loose, only partly federated group of kingdoms and lesser entities, but now Prussia had become the spearhead of the Germanic peoples. The French were naively and even arrogantly unaware of the peril that faced them from across the Rhine. In 1806 the great Napoleon had crushed the Prussian Army at Jena, marched into the Prussian capital, Berlin, and stripped the country of half its territory and half its population. In 1870 the French "hardly thought of the Prussian forces as an army at all".[3] Their attitude to the Germans in general was at best one of condescension. Sixty years earlier, when the Swiss Madame de Staël had revealed in her book *De l'Allemagne* that the Germans had a considerable culture of their own and had produced men of genius of whom even educated Frenchmen knew little or nothing, Napoleon had raged, "Votre livre n'est pas français!" and had had it seized by the police. Three years later, in 1813, the formidable authoress launched a new edition (in London) which survives as a landmark in the history of Franco-German cultural

4

relations. The book created a certain image of the typical German that became a stereotype in France and may well have helped to lull the French into an illusion of security. It presented the typical German as fundamentally gentle, dreamy, philosophical and above all harmless, like the sweet-natured musician, Schmucke, in Balzac's novel, *Le Cousin Pons*. If anyone was destined to destroy this stereotype and popularise a very different image of the Germans — the German as invader, as ruthless and brutal conqueror — it was Maupassant with his stories of the Franco-Prussian War.

The Prussia that confronted France in 1870 was a far more dangerous foe than the Prussia of the Napoleonic era. Her Army, its method of recruitment and tactical doctrine, had been thoroughly modernised, and the growth of German industry, the development of German railways and the invention of the electric telegraph made possible the rapid mobilisation of troops. The new Prussian Army was based on a fair and efficient system of conscription, while that of France, relying on a national ballot and a seven-year period of service, favoured the well-to-do, since it allowed a young man who had drawn *un mauvais numéro* to hire a substitute (*s'acheter un homme*) and 'dodge the column'. The soldiers of the Second Empire were often brave enough, but they were led into crushing defeat by ill-trained officers and above all by generals of astounding incompetence.

The French mobilisation was disastrous, great masses of men arriving late at their destinations, hungry, thirsty, exhausted and embittered by delays and confusion. Within weeks a major force under Marshal Bazaine — put on trial after the war by his countrymen and sentenced to death[4] — was bottled up and eventually captured wholesale in the frontier town of Metz, and then the bulk of the remaining forces in the field, under the command of the Emperor at Sedan, was forced into one of the most humiliating surrenders in French history. Napoleon — the "Napoléon le Petit" savaged by Victor Hugo in prose and in his satirical volume of verse, *Les Châtiments* — abdicated and returned to England, where he had already lived in exile before the Revolution of 1848.[5] The Empress had already crossed the Channel with her young son, the *Prince Impérial*. It was a

catastrophic defeat (vividly recounted by Zola in his novel *La Débâcle*) and it was the end of a political era. Yet Paris with its considerable garrison held out behind fortifications built only after Waterloo, and from the defiant city a dynamic young patriot, Léon Gambetta, escaped (by balloon!) to become the inspiration and the driving-force of a Republican Government. The *préfets* or local governors appointed under the Emperor were replaced, and in towns all over France Republicans confronted supporters of the Imperial régime, not always so comically as in Maupassant's story *Un Coup d'État*. New armies were raised, fresh weapons and ammunition manufactured, and the Prussians found themselves with a new war on their hands.

The siege of Paris, where the inhabitants were reduced to eating not only animals from the zoo but cats, dogs and even rats (see later the story *Deux Amis*) has passed into legend. The Germans eventually shelled parts of the city, and, as in *Deux Amis*, the French guns of the Mont Valérien and other outer forts helped to keep up Parisian morale. Meanwhile the invading armies overran northern and much of central France, ranging as far west as Rouen, where they requisitioned Flaubert's house. It was in Rouen and on the road to Dieppe that Maupassant was to set the action of *Boule de Suif*. In various parts of France, under leaders who included the hero of the struggle for Italian unity, Giuseppe Garibaldi,[6] the French kept up the fight, and the war dragged on in the frost and snow and general misery of a severe winter. The Prussians themselves, in spite of superb organisation, were over-extended, and they relied to a large extent on supplies arriving from German sources by rail and therefore open to attack.

Their principal problem has remained a characteristic of modern warfare: action by guerrillas and 'resistance movements'. All over France bands of irregular troops known as *francs-tireurs*, in a picturesque assortment of uniforms, often ferociously brave but notoriously ill-disciplined and on occasions the worse for drink,[7] sprang into existence and ceaselessly harried the Prussian forces. The Germans reacted to their activities, which they saw as breaking the rules of war, with ruthless brutality. They watched indulgently while

6

hungry Parisians hunted for food in the fields outside the fortifications, but any *franc-tireur* who fell into their hands was lucky to survive. With the slow passage of time guerrilla activity and Prussian repression became increasingly savage. Civilians carrying firearms were shot out of hand and villages burnt down. Madame de Staël's picture of the gentle, philosophical Teuton vanished from the French imagination, and the bearded warriors from across the Rhine, in the spiked helmets that became their hated symbol, were transformed, in the words of the *Marseillaise* of 1792, when the nation responded heroically to the cry of *La Patrie en danger*! into

> ". . . ces féroces soldats . . .
> Ils viennent jusque dans nos bras
> Égorger nos fils, nos compagnes . . ."

Bismarck himself, in a letter to his wife, reflected that it might be necessary to burn every guilty village and shoot every male inhabitant, but even he was shocked by his wife's reply suggesting that the French should be "shot and stabbed to death, down to the little babies."[8] Only a suggestion, no doubt, but a grim preview of the horrors inflicted on the French in two World Wars.

By January 1871 the Republican forces were exhausted, and resistance came to an end. On the 18th, in the great *Galerie des Glaces* at Versailles, Bismarck presided over the conclusion of a "stupendous triumph".[9] The King of Prussia was proclaimed German Emperor, and the greater part of Germany was united in a new and close confederation. A harsh treaty, but less harsh than that imposed on Prussia after the Battle of Jena, forced France to pay a heavy indemnity for the war and to surrender the provinces of Alsace and Lorraine to the victor. For more than forty years Frenchmen were to dream of *la revanche*, and the statue representing Lorraine in the Place de la Concorde remained veiled in black until the victory of 1918 restored the lost provinces to the French and left their country the strongest Power on the continent of Europe. And of course worse was to come: the German triumph of 1871 had merely sown the seeds of future conflict and future suffering.

The Germans had hardly left Paris before the extreme Left seized

power and declared the capital a *commune*.[10] In the ferocious struggle that ensued a number of public buildings, including the Tuileries Palace, were destroyed before the revolutionary régime was crushed by the French Army based in Versailles. Thousands were then executed by firing squad. It was hardly an auspicious preparation for the setting up of the Third Republic, yet it lasted till 1940, and while ending in a disaster even more humiliating than that of 1870, it saw some of France's finest achievements.

The war must have made an unforgettable impact on young Private de Maupassant, but in the apparent absence of further documentary evidence we must remain content with that provided by the stories themselves. He had spent at least part of the winter of 1870–1871 in Normandy, his morale sustained, it appears, by supplies of wine, ham and other 'goodies' brought to him by his mother's maid.[11] Although at one point "nearly captured", according to a letter sent home, he had done most of his war service behind the lines in the supply branch of a Divisional Headquarters, and seems to have seen little if any fighting. Demobilised by the end of 1871, he came home to a depressing situation. The family's finances were in poor shape; Maupassant *père* had taken a job in a Parisian office, and grandfather Jules having now lost a considerable sum of money in a business venture, Guy soon found himself working as a junior clerk, miserably paid, in Paris, first at the Ministère de la Marine, then at the Ministère de l'Instruction Publique, now known as 'l'Éducation Nationale'. It was a dull and shabby existence, but it was, however, the drudgery of office routine and close acquaintance with the humble, penny-pinching clerks of the Government Departments that provided material for some of Maupassant's earliest stories. More 'copy' emerged from his favourite pastime, rowing on the Seine. He kept a boat at the riverside village of Argenteuil, which is mentioned in *Deux Amis*, and frequently rowed down-river to little places like Asnières, Sartrouville and Bezons, the haunts of Parisians on Sundays, when a day's fishing or rowing and a fried-fish lunch or supper (*une friture*) at a riverside restaurant was a favourite treat. Stocky, intensely physical, with the build of a professional wrestler,[12] or, as Zola put it, "un petit taureau breton",

Maupassant threw himself into the noisy, lusty pleasures of the rowing fraternity and, with tragic results, into the sexual promiscuity portrayed in stories like *Mouche*.

Writing provided additional relief from office routine. He was already turning out occasional poems, plays, articles and stories. The first short story by Maupassant to be published appeared under the pen-name "Joseph Prunier" in a provincial journal, *L'Almanach Lorrain de Pont-à-Mousson*, in 1875; entitled *La Main d'Écorché*, it derived from a strange incident in which the author, then a boy on holiday at the Norman seaside town of Étretat, had tried to take part in the successful rescue from drowning of an Englishman who had turned out to be the poet Algernon Swinburne.[13] Meanwhile the faithful Flaubert had not forgotten the nephew of his "pauvre Alfred", and kept urging his protégé to devote less energy to physical enjoyment, including sport, and more to writing: ". . . Il *faut* travailler plus que cela", he wrote, ". . . Trop de canotage! Trop d'exercice!"[14] An athletic author was something new in nineteenth-century France. Flaubert's scolding had a certain effect; there were regular meetings between the two, at Flaubert's provincial home at Croisset (Rouen) and at his flat in Paris, veritable 'tutorials' at which the 'pupil' submitted work for criticism to the eminent author whom he came to revere and to love as *le Maître*.

The seven-years-long 'apprenticeship' served in this way, a course of training from which according to Maupassant himself nothing survived in writing, is perhaps unique in the history of literature.[15] The benevolent but severe discipline imposed on him by a teacher who had an almost pathological hatred of every kind of cliché or *idée reçue* (he once wrote a 'dictionary' of contemporary clichés), and whose novel *Madame Bovary* caricatures the cliché of the Romantic ideal, stressed the vital importance of freshness of vision and of precise, economical expression. For Flaubert, this involved a form of observation that can best be described as a process of contemplation, even of meditation, in the course of which the *unique* character of the object contemplated would gradually emerge. However mundane the 'object' chosen, perhaps a thing, possibly a person – a grocer, a *concierge* – the aim was to single out and to express what disting-

uished that grocer, that *concierge*, from every other of his or her kind. For that uniqueness there was only one appropriate expression in language, centred on *le mot juste*. Creative writing thus became an agonizing ordeal described by Flaubert as *les affres du style*, an endless inner struggle to find the one correct expression and to bring it up to the level of consciousness.[16] Here the influence of painting can be clearly seen. Writers were to study the 'object' as artists studied theirs, and they would transfer that fragment of reality, as apprehended by the eye, to the page before them as painters transferred a landscape, or a living model, to their canvas. Reacting against the prolixity of the Romantics, Flaubert also demanded brevity; unlike Balzac, himself in some ways a forerunner of 'Realism' in the novel, Balzac whose manuscripts and proofs are so frequently smothered with additions and alterations, Flaubert submitted himself and therefore his pupil to a constant task of verbal pruning. Maupassant learned how to express in a hundred lines whatever he had seen in the course of a walk. More consciously than his predecessors, Flaubert saw himself as an artist. Certain personal attitudes – hatred of the bourgeoisie, rejection of the 'Romantic' way of life – come through in his work, but for Flaubert the 'message' was of secondary importance compared with the manipulation of language and the cult of form. To some extent this approach to literary creation, with its obvious links with the contemporary theory of *l'art pour l'art* and already suggestive of the modern notion that 'the medium is the message', rubbed off on Flaubert's pupil.

The association with Flaubert served Maupassant's career in a more mundane way as well. Thanks to the Master, he came into contact with a wide range of prominent people in the intellectual and literary life of France. It was through Flaubert that he met and formed an association with Émile Zola and the group of novelists whom the latter used to entertain at his Parisian flat and later at his house outside the capital, the self-styled *Naturalistes*, otherwise known as *le groupe de Médan*, after the town to which Zola had moved. While privately critical of Zola's views, Maupassant was soon accepted as a fellow-'Naturalist' by Zola and his henchmen, Paul Alexis, Henry Céard, Joris-Karl Huysmans and Léon Henni-

que, and it is under the *Naturaliste* label that he usually appears in the histories of French literature. The group had set out to continue and intensify the reaction against Romanticism launched by the slightly earlier 'Realists': painters like Auguste Courbet, minor writers such as J-H. Champfleury and E. Duranty and to some extent the great Flaubert himself, despite the fact that the latter's essentially artistic style, as distinct from the subject-matter of his principal novels, differentiates him from the Realists, and despite the fact that he resented the 'Realist' label and claimed to have written *Madame Bovary* "par haine du réalisme" and "pour embêter Champfleury". The Naturalists aimed at the representation in fiction of contemporary, everyday life and at an objective, morally neutral approach allowing readers to draw their own conclusions and pronounce their own judgment on the events related. Such a neutral approach would seek to emulate the objectivity of the scientist, and the composition of a novel would follow upon a preliminary process of observation, research and note-taking which would seek to grasp and portray reality with absolute honesty, however crude and repellant that reality might be. The traditional psychology which had played an essential part in French literature was to give way to a concept of man taking full account of bodily, physiological factors in human behaviour. Finally, the novelist would explore the whole range of modern society, introducing the working class into serious literature just as Balzac had explored the world of the *bourgeoisie*.

During the summer of 1879 the members of the group agreed that each should contribute an item to a volume of short stories all based on the Franco-Prussian War. Their aim, according to Maupassant, was to counteract the sabre-rattling rhetoric of 'hawkish', revanchist politicians like the notorious Paul Déroulède, to sound, without being in any way antipatriotic, "une note juste sur la guerre", and to present a picture of modern war that would be "simplement vrai".[17] An article by Maupassant in the newspaper *Le Gaulois* made it clear that the collection was intended also as a Naturalist manifesto. It would express the attitude of writers inspired by "une réaction inconsciente, fatale, contre l'esprit romantique", against the "sentimentalité ronflante" of the Romantic

11

school and against "la stupidité des conceptions dites idéales, des paradis inventés par toutes les religions".[18] Before publication, the authors read their respective stories to one another. It was agreed that Zola should lead off with *L'Attaque du Moulin* and that the others should draw lots for position: Maupassant drew second place. As he brought his reading to a close his companions burst into spontaneous applause. Flaubert, on receiving a copy of the text, was overjoyed by his pupil's achievement and in a more than welcome letter saluted what he saw as a masterpiece:

> ". . . Il me tarde de vous dire que je considère *Boule de Suif* comme un chef-d'œuvre. Oui! Oui! jeune homme! Ni plus, ni moins, cela est d'un maître. C'est bien original de conception, entièrement bien compris et d'un excellent style. Le paysage et les personnages se voient et la psychologie est forte. Bref. je suis ravi, deux ou trois fois j'ai ri tout haut . . . le petit conte *restera*, soyez-en sûr!"[19]

Flaubert's instinct had not misled him, and after a hundred years *Boule de Suif* stands out as one of the finest achievements of the story-teller's art. The Master was soon to die, and Maupassant's tribute in later years shows the depth of his love and gratitude:

> "Je songe toujours à mon pauvre Flaubert et je voudrais être mort si j'étais sûr que quelqu'un penserait à moi comme je pense à lui."[20]

He must have found solace in the fact that his teacher had died knowing that the long 'apprenticeship' had led to instant success, a triumph all the more remarkable in that little in Maupassant's earlier writings had suggested such a dramatic development.

The collection of stories was published in April 1880 as *Les Soirées de Médan*, and the critics were broadly agreed; whatever the value of the other contributions — and some drew a poor response — Maupassant's *Boule de Suif* was a superb achievement. Its author was launched, and his career was to be short but brilliant. During the next ten years he turned out an amazing mass of material. Some three hundred short stories appeared in newspapers like *Le Figaro, Gil Blas* and *Le Gaulois*. He was courted by publishers, and the

stories that soon became a favourite feature of the Parisian press began to reappear in book form, grouped in volumes, each bearing the title of a story in that particular collection: *La Maison Tellier* (1881), *Mademoiselle Fifi* (1882), *Contes de la Bécasse* (1883), *Clair de Lune* (1884), *Les Sœurs Rondoli* (1884), *Miss Harriet* (1884), *Toine* (1885), *La Petite Roque* (1886), *Monsieur Parent* (1886), *Le Horla* (1887), *Le Rosier de Madame Husson* (1888), *La Main Gauche* (1889), and *L'Inutile Beauté* (1890). Maupassant was one of the first French writers to draw a substantial income via railway bookstalls, and he imposed his terms on editors and publishers with all the ruthlessness of his own hard-headed Norman peasants.

There were days, however, when he tired of and seemed to despise his chosen craft. In 1884 he wrote to a woman friend:

> "Je prends tout avec indifférence et je passe les deux tiers de mon temps à m'ennuyer profondément. J'occupe le troisième tiers à écrire des lignes que je vends le plus cher possible, en me désolant de faire ce métier abominable."[21]

The fact was that at times he found the brevity of the short story irksome, and hankered after a form that would allow more 'elbow-room'. In several cases he expanded existing short stories to something mid-way in length between the short story and the novel, a form usually defined by English-speaking critics as the 'novella' or 'long short story'. Here we meet a minor difficulty in connection with French terminology. The word *conte*, used for several centuries to describe the shorter form, corresponds to the 'tale' as told, whether in prose or verse, by Boccaccio and Chaucer. The term *nouvelle*, at first applied to the 'long short story' in France, is now used to describe the short story in general, irrespective of length. As applied to Maupassant's work, the varying use of the labels is somewhat confusing. The massive Conard edition of the complete works lists all the stories as *nouvelles*, and Maupassant himself referred to his stories quite indifferently as *contes, nouvelles,* or *historiettes*. For convenience, however, the *conte/nouvelle* distinction seems worth retaining, and there is a certain significance in the trouble taken by Maupassant to enlarge, for example, the short

13

Yveline Samoris and transform it into the much longer *Yvette*, and to reshape *Un Million* in extended form as *l'Héritage*, to take only two such examples. It was inevitable that a disciple of Flaubert should have designs on the novel itself, and as Maupassant progressed to longer forms the flood of *contes* strikingly dwindled: in 1886 twenty-four, in 1887 eighteen, in 1888 only eight went through the press. His first novel, *Une Vie*, appeared as early as 1883, to be followed by five more: *Bel-Ami* (1885), *Mont-Oriol* (1887), *Pierre et Jean* (1888), *Fort comme la Mort* (1889) and *Notre Cœur* (1890). The critics have always been divided as to the merits of his novels, and it seems fair to say that when, under the influence of the fashionable novelist Paul Bourget, Maupassant turned away from his earlier realism and what he himself had described (in the subtitle of *Une Vie*) as "l'humble vérité", his writing in *Fort comme la Mort* and *Notre Cœur* declines from time to time into a slightly affected and somewhat vapid mannerism. Yet *Une Vie*, which bears the mark of Flaubert's influence, is a moving work, and both *Bel-Ami* and *Pierre et Jean* seem quite outstanding. In addition to his fiction and his early verse Maupassant wrote several plays, three volumes of personal memoirs and accounts of travel, and a wealth of newspaper articles, all within the space of ten remarkable years.[22] His extraordinary activity brought him fame and fortune: he left the Civil Service, bought a yacht which he named the *Bel-Ami*, and built a comfortable house (*La Guillette*) near his mother's home at Étretat; he sailed the Mediterranean in his yacht and visited several countries including Britain, where he met the great Henry James and other notabilities before beating a retreat to France on account of the English climate. Unable apparently to loosen the bonds holding him to a doting mother, he never married, and seems to have been unable to effect a fusion within himself of love and sexuality. He was always blatantly promiscuous, and at some stage, probably in his late twenties, contracted syphilis. For years he was plagued by eye-trouble and violent headaches from which he sought relief in drugs: ether, hashish, cocaine and finally morphine. His unfortunate brother Hervé, himself apparently a victim of the deadly disease, began to show signs of mental derangement, and in a

heart-breaking episode Guy was forced to trick the victim into entering a private clinic, where he died in 1889. In January 1892, at Cannes, Guy's faithful manservant François Tassart, later to write his own biographical study of the author, found his master bleeding from a gash in his neck: he had tried to cut his throat. He survived, only to relapse into insanity. He was taken to a private clinic at Passy, on the western side of Paris, and died there, a raving lunatic, on 6th July 1893, a month before his forty-third birthday.

The short story has a long and varied lineage dating back (in Western Europe) at least to the medieval *fabliau* and to later landmarks such as Chaucer's *Canterbury Tales*, Boccaccio's *Decameron* and the French *Heptaméron* of Marguerite d'Angoulême, Queen of Navarre. It made a saucy reappearance in verse with the *Contes* of La Fontaine, then adopted a didactic if frequently amusing stance with the *conte philosophique* of the eighteenth century as practised, among others, by Voltaire (e.g., *Zadig*). It flourished in the nineteenth century as never before, thanks to a host of writers like the German E.T.A. Hoffmann and Frenchmen like Charles Nodier, Prosper Mérimée and especially Alphonse Daudet, whose *Contes du Lundi*, like the very different *Tales of Mystery and Imagination* by the American Edgar Allan Poe, translated into French by Baudelaire, made a considerable impact on Maupassant and encouraged him to try his hand at what was fast becoming a popular *genre* before he arrived on the scene. Flaubert himself with his *Trois Contes* had brought fresh lustre in 1877 to the literary miniature,[23] and Zola had begun his own career with the admittedly mediocre *Contes à Ninon* in 1864. The short stories of the Russian Turgenev, a frequent visitor to Paris and a familiar figure in French literary circles, had made a significant impression on Maupassant and the other members of Zola's group, while poets like François Coppée, Théodore de Banville and Catulle Mendès were actively exploiting the shorter forms of fiction. By the time Maupassant arrived to set a new standard with *Boule de Suif*, the short story was not only popular; thanks to the development of the press and the demand for light reading on railway journeys it was becoming a money-spinner.

The brevity of the *conte*, often limited by Maupassant's editors to between 2500 and 3000 words, imposes severe restrictions on the writer. It can hardly rival the *Bildungsroman* or fictitious biography in scope, and risks being stretched to breaking-point as a 'slice of life'. Unlike the novel it lacks the wherewithal to range far and wide in time and space. As practised by Maupassant, it makes do with a minimum of characters and settings, and uses a simple plot set in motion close to its crisis and moving directly forward, without the temporal convolutions and the 'flashbacks' beloved of Balzac, and nowadays, at least in the case of the latter, a standard device in the cinema. Unless written in the form of letters, it is generally narrated from the point of view of a single person, sometimes a character in the story, sometimes an omniscient author. Its law is economy, and all its components are brought to bear on a single focal point: as Maupassant put it himself, it demands "la stricte convergence de tous les effets".[24] The longer *nouvelle*, as exemplified by *Yvette* and *L'Héritage*, and arguably by *Boule de Suif* (despite Flaubert's reference to it as "le petit conte") allows the author more latitude, but here too economy is of the essence. Maupassant's outstanding gift was his ability to turn the apparent limitations of the short story into positive virtues, and to achieve through the unforgiving discipline of brevity certain qualities of pungency and verve that left his rivals struggling for second place.

The stories as a whole range well beyond the boundaries of the Franco-Prussian War. They feature the major social classes of France, with the exception of the industrial proletariat, featuring peasants and seafarers, minor clerks and solid citizens, aristocrats, plutocrats, priests and prostitutes. They are set in a wide variety of locations, from the fields and lanes of Normandy to the exotic background of North Africa. They exploit a considerable number of themes and situations, some of which had an almost obsessive appeal for the author. Apart from his reactions to war and to every kind of cruelty, Maupassant's preoccupation with the miseries of ruined marriages is a reminder of his mother's private griefs. He reverts again and again to the theme of the suffering child; himself the probable father of several illegitimate children and nagged perhaps

by a sense of guilt, he has left disturbing stories of unhappy, unwanted little victims, sometimes the offspring of well-heeled bourgeois fathers and left to grow up in poverty and squalor.[25] While not indifferent to the theme of love, Maupassant tends to dwell on that of sexuality, on the complications of adultery and on what he sees so often as the boredom and frustration of married life. Acutely aware of human vices, he sometimes deals with monstrous aberrations, but is above all obsessed by the phenomenon of cruelty, cruelty to children, to wives, to the weak and unprotected, including animals, and one or two of the stories are enough to rob any animal-lover of sleep. The theme of money and the humiliations of poverty animates a number of stories, while others reveal the author's familiarity with the effects of drugs and of over-indulgence in drink, and in certain cases express the morbid fears and the hallucinations which no doubt foreshadowed his breakdown and premature death. Such a sombre tableau of human existence would have made depressing reading for those old-time travellers by train, had it not been for the sardonic humour and biting irony that enliven the narrative from time to time, together with the special charm of certain settings against which events are related.

At first sight Maupassant's work suggests a direct link with that of Zola and his fellow-Naturalists. Like them he rejects all Romantic and sentimental conceptions of love and war, and his deep-seated love of the Norman countryside never leads him into a sentimental portrayal of Nature. His peasants are closer to the brutal creatures who move across the pages of Zola's *La Terre* than to the idealised countryfolk of a Romantic like George Sand. He too abandons the notion of the hero, of the exceptional being, to concentrate in the main body of his work on 'ordinary' folk as the victims of blind chance, or alternatively as pawns moved by the determining factors that in earlier times were described as 'Fate'. It is true that he draws on personal experience in his choice of themes and settings: drudgery in a Government office, rowing on the Seine, close acquaintance with Norman peasants and fisherfolk, shooting parties on country estates, social gatherings in the smart sectors of Parisian life, physical enjoyment, self-indulgence, mental disturbance and

morbid fears. Yet as required by Naturalist doctrine he makes a considerable effort throughout to cultivate an impersonal tone and to give at least the impression of moral neutrality. He clearly feels horror before certain aspects of existence, but he conveys it not by the direct comment indulged in so freely by Balzac, but by allowing the events narrated to speak for themselves. Like his fellow-members of *le groupe de Médan*, he sets his stories not in the glamorized past exploited by the Romantics but in the 'real world' of everyday life. Yet he seems to lack the obsession with social groups and social change, the strong sense of history and the urge to analyse and to *explain* society which are so obvious in the work of Balzac, Stendhal and Zola, and which remind us that sociology itself was a product of the nineteenth century. He is not without prejudice, and shares with his master, Flaubert, a strong aversion to the bourgeoisie, but with Maupassant it is always the individual rather than the group that catches the eye and remains in the memory. He refuses to ape the scientist and the scholar, and he bases his writing not on the typically Naturalist preliminaries of research and documentation but on direct and intuitive observation of life itself. He is above all – like Flaubert – an artist. He rejected the Romantic urge to escape from mundane reality into the world of the imagination, but at the same time he rejected the 'photographic' approach and any attempt to produce what he once described as "une copie précise de la vie".[26] Influenced to some extent by the German philosopher Schopenhauer, whose ideas were fashionable at the time in certain intellectual circles and for whom the only reality accessible to us is that appearing, so to speak, on the inner screen of the human mind, Maupassant set out to express his own fresh and individual vision and thus achieve what he himself described as an "illusion" of reality.[27]

The essay entitled *Le Roman*, published as a pendant to the novel *Pierre et Jean*, expresses Maupassant's main beliefs in connection with the craft of fiction.[28] The main point of the essay involves the role of what the author describes as *le geste*. Writers, he argues, should rid themselves of the traditionally French tendency to analyse and *explain* what is going on in the minds and hearts of their characters,

and attain their object through "gesture". Here we must remember that the psychological dissection of motivation and reaction had for generations been the very essence of French literature. It had made a major contribution to the achievements of Classical tragedy, and it had been the basis of the kind of novel which can be fairly regarded as representing the 'central tradition' of French fiction, the analytical novel or *roman d'analyse*, as practised in the eighteenth century and producing a masterpiece a little later in the *Adolphe* of Benjamin Constant (1816). Maupassant stands for a radical externalisation of the narrative. The idea was far from new. In the very year that saw the publication of *Adolphe*, translations of novels by Walter Scott began to appear in France, triggering off a very different technique relying not on psychological analysis by the author but on the use of external detail, descriptions of people and places and an increased use of physical incident and extended dialogue. To move from *Adolphe* to a French translation of a *Waverley* novel is to enter a different world. Scott had very considerable influence in France and major French writers adopted his approach, notably Balzac through the massive use of concrete detail, and Flaubert through a more selective use of significant material. Maupassant's use of externals was from the beginning a striking feature of his work and even gave rise to a label associated with him, *l'école du regard*. As the Master had put it in praise of *Boule de Suif*, "Les paysages et les personnages se voient . . .", and we may rest assured that in this respect Maupassant owes much to Flaubert's influence. The stories are rich in visual effects, and they owe much of their impact not only to "gesture" but to the use of concrete details. Such items as food in *Boule de Suif* and *L'Aventure de Walter Schnaffs*, a moustache in *Un Duel*, bundles of hay in *La Mère Sauvage*, a plaster cast in *Un Coup d'État* and a catch of fish in *Deux Amis*, together with the various physical actions — *les gestes* — connected with them, are essential to the plot and contribute to the "illusion of reality" which Maupassant had adopted as his principal aim as a writer.

In addition to this process of externalisation, Maupassant continues and in fact carries to extreme lengths another device which can be traced back to the influence of Scott: the dramatisation of

plot. The novels of Balzac, an early admirer of what he described as *l'histoire walter-scottée*, had already led the way in this direction; with few exceptions like *Eugénie Grandet*, the novels of *La Comédie Humaine* move steadily forward to an essentially dramatic *dénouement*, employing various devices to keep the reader in a state of suspense. Although Balzac is notorious for his personal interventions and remarks addressed directly to the reader, he relies very much in addition on the dramatic device of dialogue, while in Flaubert's *Madame Bovary*, in the unforgettable account of the agricultural show, we not only watch what is happening; we listen to Rodolphe, the wily seducer, paying court to Emma, his muttered urgings reaching us in comic contrast to loud announcements from the ring about prize-winning pigs and sheep.[29] Maupassant was determined to exploit this approach to narrative technique: "Pour moi", he wrote, "la psychologie dans le roman ou la nouvelle se résume à ceci: mettre en scène".[30] The dramatic element dominates the stories from first to last; *Boule de Suif* needs little adaptation for the cinema and has already been screened at least three times, once, apparently, in Japanese. A French critic has written, regarding Maupassant's fictional output, "Le maître cinématographie (*sic*), si j'ose dire, des histoires intarissables".[31] Attracted from the outset to the theatre (in which he had little success), Maupassant cast a number of his *contes*, like those set in the surroundings of a courtroom and like the sophisticated (not to say cynical) *Au Bord du Lit*, entirely in dialogue form. Even in those stories in which the author appears to go to the opposite extreme and uses a fictitious narrator, it is the plot that dominates the issue, and the question foremost in the reader's mind is "How will it end?" And it is of course the ending that carries the hallmark of a Maupassant story. In almost every case the narrative ends with a strong conclusion that has been skilfully engineered to produce an effect of surprise, of shock even, an effect usually conveyed by a 'punch line', a *pointe finale*. This takes a number of forms, but its most frequent function is one of revelation.[32] The ending may solve a mystery, or it may lay bare, sometimes in brutal, devastating clarity, at other times with comic effect, a reality hitherto hidden under surface appearances. Some-

20

times, as the imaginary curtain falls, the characters seem to freeze into silent immobility; often the story ends with a remark by one of the people involved which forms an ironic comment on what has occurred. In *Boule de Suif* the whistling of *La Marseillaise* torments the well-to-do betrayers of the naive little patriot as the stage-coach rumbles on to Dieppe.

In roughly half of his three hundred or so short stories, Maupassant uses a technique as old as literature itself and familiar to us from such works as Chaucer's *Canterbury Tales*. Without any sacrifice of dramatic tension, he operates under the cover of a character-narrator and presents us with a story-within-a-story. He first sets the scene at some social, usually all-male gathering ("C'était un dîner d'amis . . .", "C'était après un dîner d'hommes . . .", etc.); the diners relax in their chairs, cigars light up, and one of the company tells a tale. He is generally an older man, a man of the world, in a position to draw on a rich experience of life. He may be the captain of a ship ploughing through the night (as in *La Peur*), a judge (*La Main*), a doctor (see *En Voyage*, and *Rêves*, among others), a landowner (*La Mère Sauvage*), an elderly ex-officer (*Châli, Les Idées du Colonel*), to take only a handful of examples. In a small minority of stories the narrator is a woman, generally a mature woman, even an old lady, whose intimate knowledge of the human heart and all its vagaries enlivens such stories as *Le Baiser* and *Confession d'une Femme*. The very brief presentation of narrator and listeners, and the final reaction of the audience to what they have heard form a framework for the inner story, and also, as Jean-Paul Sartre once pointed out in a brilliant if controversial essay, intensify the contrast between the comfort and security enjoyed by the bourgeois listeners and the strange, even sinister possibilities suggested by the story itself.[33] In some cases Maupassant himself takes on the task of narrator, presenting himself in one of the roles that he has played in life — as traveller and man-of-the-world, as artist, as countryman and sportsman, out with dog and gun — but even here we sometimes find him in semi-disguise. In *Menuet*, for example, he appears before his audience as a man of fifty, reminiscing about his days as a young law student. Yet we know that he never reached the age of fifty and was only in his

21

early thirties when the story appeared in print. By such devices, suggesting that the narrator himself is largely fictional, Maupassant avoids over-involvement with the events related and does much to achieve the effect of neutral detachment defined at the time as *impassibilité*. There is no question of sparing the feelings of the audience; the aim is to avoid the mistake of *directing* the listeners' emotional reactions, to invite them to live through the events related and to share the feelings of those with whom, thanks to the skill of the story-teller, they have for a short space of time identified themselves.

The search for a certain neutrality does not prevent a very definite vision of the world from emerging, wherever we look in Maupassant's work. He has been described "peut-être le pessimiste le plus déterminé de la littérature française" and his philosophy as a "nihilisme farouche",[34] and his pessimism is not limited to pen-portraits of brutal Prussian officers, callous and greedy peasants or hypocritical, self-seeking middle-class worthies; it extends to the nature of the universe itself. Unhappy as a boy at a Catholic school, he had a lifelong aversion to religion (despite his sometimes sympathetic portraits of Catholic priests), and unlike his teacher, Flaubert, he found no spiritual consolation in the pseudo-religion of Art. He took no interest in the humanitarian politics that replaced religion for so many in nineteenth-century France. To some extent like the Existentialists of our own post-war era, he regarded life as devoid of both purpose and pattern, and like them he saw human beings as alienated by their own reasoning intelligence from the world about them, but unlike the Existentialists he felt no urge to imprint his own purpose on existence. For Maupassant, if God exists at all, he is essentially cruel and the universe the cruellest of jokes. He sees human beings at all times as the victims of chance, and in developing this theme he brings out with savage irony the quirks of what the Romantics, somewhat like the Ancients, had seen as 'Fate'. For Maupassant the weak and the innocent are forever at the mercy of cruelty, greed and lust, and morality is nothing more than a veneer, like the "légère tranche de pudeur" that hides an uglier reality in *Boule de Suif*.[35] In the spiritual desert of the world human beings

have invented love as their major consolation, but marriage is a fraud and satisfaction found only in free love, in "l'amour libre, la seule chose gaie et bonne au monde" (see the story entitled *Lui?*). Again and again woman emerges either as a suffering victim, or, above all in the tales of aristocratic life, as a treacherous betrayer or as a mere plaything and sexual object. For Maupassant all physical beauty is doomed to end in repulsive decay (see *Adieu*), and beauty itself, like sexual desire, is finally condemned in *L'Inutile Beauté* as nothing more than a trap set by Nature to perpetuate the species. The law of life is inner loneliness; each of us is condemned to spiritual isolation, and in the story *Solitude* Maupassant echoes the lament of his master, Flaubert: "Personne ne comprend personne". He had come a long way since that short spell of unfettered happiness as a little boy with an adoring mother in Normandy; life had turned sour, life was corrupted and above all life was boring. "La médiocrité de l'univers m'étonne", he complains in the story *Sur l'Eau*. In a hopeless attempt to fend off the debilitating *ennui* that is such a curious feature of French literature and literary life in a century otherwise optimistic and devoted to a cult of material progress, he fell back on a personal philosophy of naive hedonism: since Nature tempts us through our senses, we may as well take advantage of Nature, go one better than Nature, refine our appetites and elevate their satisfaction into a sophisticated cult of sensual fulfilment. Here we have a glimpse of the *fin-de-siècle* 'Decadent' movement and of the aesthetic-ism that influenced and helped to produce writers like Oscar Wilde: in France another member of Zola's group, Huysmans, progressed from aestheticism and various forms of hedonistic 'decadence' to seek fulfilment, like his hero in the novel *A Rebours*, in the subtleties of mysticism. In the case of Maupassant the cult of sensation led only to world-weariness, sick disgust and a despair amid which he could never shut his ears entirely to "la maigre petite voix qui crie l'avortement de la vie, l'inutilité de l'effort, l'impuissance de l'esprit et la faiblesse de la chair" (*Sur l'Eau*). The end came as a genuine and lurid "avortement de la vie", with a frenzied madman locked up in a private clinic, cursing the God whom he blamed for it all: "Stupide vieillard! Diable! Tuez Dieu!"[36]

Such a black view of existence raises the question as to why Maupassant's work should have endured to give pleasure to so many readers, a considerable proportion of whom, in so many countries, have made their first contacts with French literature via the *Contes et Nouvelles*. In the first place his most repellent accounts of human frailty appear in the less familiar of the stories, and like those inspired by the kind of bawdy humour known as *l'esprit gaulois*, hardly intrude at all into collections of stories *pour la jeunesse*. For certain readers, it may well be that the horrific itself has a certain attraction, and in the rather puritanical atmosphere of pre-'permissive' days Maupassant's 'Gallic' approach to the theme of sexuality may no doubt have exercised a mildly perverse appeal. The sales of Zola's novels flourished in France, after all, following each successive *succès de scandale*. More seriously, however, it is clear that Maupassant is one of the world's great story-tellers, supremely sure of his touch. There is a quite remarkable skill in his ability to conjure up a background, set a scene and sketch a character in a few laconic sentences, to build up suspense and move the action forward, varying the pace to suit the material chosen. *Boule de Suif* itself provides an outstanding example of his powers as a narrator and in the art of construction.

With few exceptions Maupassant's severest critics have praised his style. It is true that Edmond de Goncourt in his notoriously 'catty' diary paid grudging tribute to him as a master story-teller, only to add: . . . "mais un styliste! un grand écrivain! non! non!"[37] but even the truculent reactionary Léon Daudet conceded that he wrote "assez correctement, et en tout cas sobrement", and that he had "des dons de phrase courte et frottée considérables".[38] Maupassant's style exemplifies what he himself saw as the chief characteristic of his native language: "La nature de cette langue est d'être claire, logique et nerveuse".[39] It is a style that belongs to the central tradition of French prose. It gives an impression, an illusion rather, of easy writing, but a comparison of *Boule de Suif* and, say, *L'Aventure de Walter Schnaffs* shows an interesting variation from one story to another. The richness of texture in the former contrasts with the deceptive simplicity and the mock-ingenuousness of the latter, in

24

which Maupassant's debt to the ancient tradition of oral story-telling is abundantly clear.

Apart from his use of Norman *patois* in stories dealing with country life and in others of technicalities like seafaring terms, he rarely forces his native French reader to reach for a dictionary, and according to one expert, A.-M. Schinz, Maupassant's vocabulary represents only about a tenth of the total resources of the language and is, in addition, "restreint et banal".[40] His French is, however, always clear, matter-of-fact and unaffected; it is essentially modern, and as Schinz has indicated, it stands out in contrast to the style and the "vocabulaire noble" of his predecessor in the art of the short story, Prosper Mérimée. Its almost classical restraint, despite its modernity, enables Maupassant to handle situations that are delicate and sometimes, as in *Boule de Suif*, liable to shock, without ever verging on crudeness or clinical brutality. He is a brilliantly 'visual' writer, a great master of the descriptive miniature. The sharpened senses, the acute physical awareness that played their part in his disastrous way of life had been trained to trigger off the creative process. "Voir", he claimed, "tout est là, et voir juste. J'entends par voir juste, voir avec ses propres yeux et non avec ceux des maîtres."[41] Thanks to his long 'apprenticeship' as Flaubert's protégé, Maupassant's eyes, the eyes that were doomed, ironically enough, to betray the first symptoms of the fatal disease, had been disciplined to look at the world as if it were new, instead of merely seeing, as most of us do, what we expect to find.

This visual element suggests the impact on French prose of nineteenth-century painting, and is a reminder of the author's many contacts with artists like Corot and Monet. Thanks to precise imagery and the selective use of physical detail, Maupassant's French is rich in sensorial notations, ranging from the prosaic and typically *naturaliste* appraisal of Boule de Suif's fat little fingers to a more sensuous awareness of lips that are "humides au baiser", from the deceptive cosiness of the hay, all "chaud et parfumé", in which the young Prussian soldiers are to sleep their final sleep, to the chilly air of a dark inn-yard where a stage-coach waits for Boule de Suif and her fellow-travellers. The style of the stories, with all its variations,

25

is free from both the poetic embellishments which typify the prose of the Romantic era and from the eccentricities associated with the impressionistic *style artiste* of the Goncourt brothers. From time to time, however, as Professor Vial has pointed out, <u>Maupassant brings into play an impressionism</u> of his own that is unforced and delicate, such as the fusing of abstract and concrete in phrases like those in *Boule de Suif*, where we hear the "frémissement clair et continu" of restless horses in their stable, the "effleurements de pieds nus" by night in the darkened corridor of a country inn, and, even fainter still, "ce froissement vague, innommable et flottant, de la neige qui tombe, plutôt sensation que bruit", which beautifully evokes the whisper of falling snow. *Boule de Suif* in particular achieves an effect of vivid reality through the use of imagery and significant concrete detail in which the visual element is predominant: typical examples appear in the opening description of the stragglers of the shattered French Army and in that of the dark inn-yard and the travellers shivering in the cold:

> "On se voyait mal dans l'obscurité; et l'entassement des lourds vêtements d'hiver faisait ressembler tous ces corps à des curés obèses avec leurs longues soutanes."

Later, profiled against the snow, we see the Prussian officer with his "grande taille de guêpe en uniforme" and the characteristic gait of his profession, as he walks "les genoux écartés, de ce mouvement particulier aux militaires qui s'efforcent de ne point maculer leurs bottes soigneusement cirées". Equally vivid is the sketch of the scene outside the inn in the sunshine of the following morning:

> "Le lendemain un clair soleil d'hiver rendait la neige éblouissante. La diligence attelée enfin, attendait devant la porte, tandis qu'une armée de pigeons blancs, rengorgés dans leurs plumes épaisses, avec un œil rose, taché, au milieu, d'un point noir, se promenaient gravement entre les jambes des six chevaux, et cherchaient leur vie dans le crottin fumant qu'ils éparpillaient."

The brevity of the other stories in this collection affords less scope for descriptive detail, but nevertheless there is an effective word-

painting of autumn sunshine in *Deux Amis*, contrasting vividly with
a reminder of war and human misery in the brief references to the
heavy guns firing from the French fort on the Mont Valérien . . . "la
grande silhouette du Mont Valérien, qui portait au front une aig-
rette blanche, une buée de poudre qu'il venait de cracher", the Mont
Valérien which from time to time "jetait son haleine de mort". Even
the very short *Un Duel* begins with a superb tableau, as seen from a
railway train, of the war-ravaged landscape of northern France.

Apart from the visual element that has so often attracted atten-
tion, critics have pointed out the influence of the theatre on Maupas-
sant's use of language, his frequent use of colloquialisms and of *le
style indirect libre* or 'oblique narration', where, as in a line from *Boule
de Suif*, "L'inquiétude était extrême. Qu'allait-elle faire? Si elle
résistait, quel embarras!" a statement presumably made by an
unmentioned character, or a thought in that character's mind, is
woven directly into the narration and expressed by the author, so to
speak, on his own account. This device, which Maupassant may
have learned from Flaubert, who uses it in *Madame Bovary*, or from
Zola, who makes free use of it in *L'Assommoir*, is effective in closing
the psychological distance between the reader and the action of the
story.

Among the countless comments made over the years on Maupas-
sant's style, expressions like "le naturel", "la fraîcheur" and "la
précision" continue to occur, and they are entirely justified. Trained
by Flaubert and capable of the Master's accuracy, Maupassant was
happily free from his almost crippling and no doubt neurotic perfec-
tionism, yet even in a hurry he rarely lost his qualities of sharp-
edged precision, economy, pace and verve. One of his major
achievements was to fuse the oral and the written traditions in
French literature and to bring together the classical and the modern
on the most harmonious of terms.

The overnight success of 1880 of *Boule de Suif* and Maupassant's
phenomenal fertility in the succeeding decade justified his claim to
have entered upon the French literary scene like a meteor, even if he
tragically failed to leave it, as he had promised, like a thunderbolt.[42]
His sudden transformation from an unknown clerk into a literary

'lion' ("a lion in the path", as Henry James once called him) smacks of a novel by Balzac, yet not long before his dramatic triumph a writer as intelligent as Turgenev could exclaim (thinking possibly of Maupassant as a poet rather than as a novelist or story-teller) "Ce pauvre Maupassant! Quel dommage, il n'aura jamais de talent!"[43] The talent was certainly there, and the Russian was quick, after *Boule de Suif*, to change his mind. Few of Maupassant's contemporaries denied his brilliant gifts, and those who in his own day belittled him were often prejudiced on religious or political grounds. Some were already at daggers drawn with Zola, the leader of the *groupe de Médan*, hating his anti-bourgeois, anticlerical and anti-Establishment attitude, and this hostility rubbed off from time to time on Maupassant. The critic Francisque Sarcey complained of his "sujets scabreux" and received (via the newspaper *Le Gaulois*) a public riposte from the author of *Boule de Suif* in the cause of artistic freedom.[44] The influential academic critic, Ferdinand Brunetière, joined the opposition, only to change sides later and praise Maupassant's realism, comparing it to that of the great eighteenth-century painter Chardin and completing his *volte-face* with a remark to the effect that a future historian of late nineteenth-century life in France, in search of information about the peasants and the bourgeois of that era, would have to go to Maupassant. In far-off Russian Tolstoy, given a copy of the novel *Une Vie* by Turgenev, objected to the book on moral grounds, but was considerably impressed by Maupassant's later works. As might be expected of an American writer of the day, especially one whose roots were in the Puritan tradition of New England, Henry James too saw Maupassant as essentially amoral, as a writer whose psychological make-up was devoid of any "window" opening on to the world of moral values. The Catholic and Royalist and very reactionary Charles Maurras saw Maupassant as a case of "la maladie romantique". His vitriolic *confrère*, Léon Daudet, while admitting, as we have seen, Maupassant's powers as a stylist, despised — or affected to despise — his "talent médiocre", while certain anti-materialist Symbolist poets expressed shock at his frank approach to the 'facts of life' and dismissed him as a mere 'sex maniac', "un érotomane absurde et

bestial".[45] In recent times even more eccentric reactionaries like the extreme antidemocratic novelist Céline have rejected him as a "mechanical" writer, of "no interest": "au fond il est nul, comme tout ce qui est systématiquement 'objectif' ", while the openly Fascist writer Drieu la Rochelle saw Maupassant's peasants and upper-class characters as simply "dégénérés".[46] The novelist Jacques de Lacretelle, hardly a democrat, thought him vulgar and devoid of all poetic sense, while the novelist Jules Romains, a bourgeois if ever there was one, credited him with the sensibility of a master-butcher, a *patron boucher*. The Irish author Sean O'Faolain, himself a practitioner of the short story, while admiring Maupassant's "extraordinary" powers "amounting to virtuosity, of projecting certain types and certain aspects of life", finds him "precise, but about things that do not matter in the least". For O'Faolain Maupassant "does not go to the heart of things very often". The well-known stories, *La Parure* and *Mademoiselle Fifi* (the latter almost a pendant to *Boule de Suif*) wring from the Irish critic a sharp little cry of distaste . . . "ach! where do they get us? They reveal the vulgar streak in Maupassant. That is the final smell I get from him — vulgarity and cheapness, something of the lady-killer or the dandy about town, showing off. But when I come to *L'Inutile Beauté*, I simply groan at the vulgarity." As for the story *Le Champ d'Oliviers*, once compared by the French philosopher Taine to a tragedy by Aeschylus, the critic's verdict is brief indeed: "so *lourd*" (sic).[47]

Yet a long succession of major writers have taken a different view of Maupassant. Contemporary poets like Jean Richepin and Théodore de Banville, rather surprisingly, saluted him as a fellow-poet. Few critics would be so generous today. In the field of fiction, the critic Edmond Rod praised his balance and freedom from sentimentality, while the literary historian and critic René Doumic wrote: "L'œuvre de Maupassant dans sa diversité si humaine, dans sa simplicité si probe, reste un de ces exemples valables en tous lieux et pour toutes les générations".[48] As for the novelists, Pierre Loti found Maupassant's work delightful. André Gide described him as "un remarquable ouvrier des lettres", even if (according to Gide) he had little of importance to say. Another novelist, Roger Martin du

Gard, ranked him as "un de nos grands contemporains . . . un excellent écrivain, fabulateur (i.e, story-teller) ingénieux, incomparablement maître de la poésie", and one who expresses "le sens du tragique". Henry Bordeaux admired in the person of Maupassant "le premier des conteurs français, l'égal dans le court récit en prose de La Fontaine dans la fable", while another distinguished novelist, Roland Dorgelès, forecast that long after the literary celebrities of his own day were forgotten the public would still be reading "ces contes puissants et colorés qui ont marqué de leur empreinte trente ans de littérature française."

Sometimes admiration for Maupassant knew no bounds: the literary historian Paul Hazard judged Maupassant to be "un très grand écrivain français, à mon sens supérieur à Flaubert lui-même", while the American master of the short story, William Saroyan, offered a tribute, which, in view of his idol's grisly end, seems just as controversial: for Saroyan the author of *Boule de Suif* is "truly one of the giants not only of literature but of living". A more measured assessment by the great Thomas Mann might serve as the ultimate accolade:

> "I consider the work of this Frenchman immortal in the true sense of the word, and I am convinced that through the ages he will be regarded as one of the greatest masters of the *novelle* who shine in the entire galaxy of illustrious writers".[49]

Maupassant's influence is obvious in the work of the American specialist in the art of the surprise ending, O. Henry (see, for example, *The Gifts of the Magi*, etc.), and is equally present in the stories of Somerset Maugham, who made no secret of the connection. In stories like *Rain* Maugham not only made use of the *pointe finale* but exploited the typically Maupassant theme of a stark reality underlying deceptive and 'respectable' appearances. For the popular novelist John Buchan (alias Lord Tweedsmuir, sometime Governor-General of Canada) Maupassant was "the world's greatest writer of short stories", by which term Buchan made it clear that he meant "the true short story which moves to a clear dramatic issue and is not merely a fleeting impression."[50] This is an important

reservation, since it puts the finger on the one essential feature of Maupassant's work in the field of the short story which is now quite clearly out of date.

The surprise ending, the "clear dramatic issue" mentioned by John Buchan, the 'twist' or even the 'trick' as some would describe it today, is out of fashion among serious writers, with occasional exceptions as in the story *Le Mur* by Jean-Paul Sartre. If it survives at all, it is in stories appearing in the evening papers and the popular press generally, i.e., in the very medium which ensured its early success. Thanks to later and mainly non-French writers like the Russian Anton Chekhov, the New Zealander Katherine Mansfield and the English D.H. Lawrence, the dramatic build-up to a *dénouement* has been largely discarded, and the 'anecdotal' type of short story relying more on plot than on character has given way to a different form aiming at the expression of delicate notations of mood and atmosphere.[51] It is also fair to suggest that, although in a novel like *Pierre et Jean* Maupassant makes a strikingly modern use of unconscious motivation, the impact of Freud in psychology (or rather the diffusion of Freudian and other theories of the human psyche) and the 'watershed' in the history of fiction represented by Proust, James Joyce and Virginia Woolf have made the more sophisticated reading public aware of subtleties no doubt beyond Maupassant's range.

Modern and especially academic critics, with notable exceptions like the enthusiastic Professor Vial, have in our own time tended to 'downgrade' Maupassant. In his preface to the Pléiade edition of the stories M. Louis Forestier notes that while Maupassant's sales are as buoyant as ever, as regards his work in general *"l'intelligentsia* fait volontiers la moue",[52] while Mr J.H. Matthews deplores the "real injustice" with which academic critics have treated the short stories.[53] The novelist Anatole France, who in the early decades of the twentieth century stood out as the world-famous *doyen* of French literature, once wrote of Maupassant: "Il possède les trois grandes qualités de l'écrivain français, d'abord la clarté, puis encore la clarté et enfin la clarté".[54] It is perhaps significant that Anatole France himself, whose name was once almost synonymous with *la clarté*

INTRODUCTION

française, should have faded away into a literary limbo. Inevitably, literary research thrives on difficulty, on enigmas and ambiguities. Graham Greene, interviewed by fellow-novelist Anthony Burgess, has complained that "critics and university people rejoice in the *sous-texte* these days. The study of fiction has become less the study of the narrative than a search for arcane meanings". Burgess in reply expressed his own dislike of what he called "the literary snobbism that prefers symbols and ambiguities to the straight art of story-telling".[55] Perhaps a critic dedicated to the exploration of the *sous-texte*, to the analysis of elements lying, so to speak, below the surface of the text itself, might be tempted to regard the work of Maupassant as too transparent for this kind of exercise, but it should be pointed out that certain recent studies of his writings concentrate not only on problems of structure but on the symbols that even the clearest of writers often employ in the process of creation.

Unfortunately any writer who makes a lot of money by the pen runs the risk of being classed as a mere entertainer, an *amuseur*. We tend to cherish the old Romantic notion of the neglected artist starving in a garret, and we perhaps forget that Shakespeare retired to Stratford as a prosperous citizen and that Bernard Shaw died a millionaire. Certainly the commercial success of Maupassant's stories was partly due to the fact that from time to time he exploited the popular appeal of the saucy tale, the traditional *conte grivois*, and that he found in France, as Henry James so primly put it, "a tradition of indecency ready made to his hand". Some of the stories — a small minority — rely for their impact on bawdy humour, but no more so than, say, that 'A'-Level 'set book', Chaucer's *Merchant's Tale*. It is also true that although trained by Flaubert to note and record the one unique quality that, according to the Master, distinguished one human being, whether a grocer or a *concierge*, from all others of the genus, Maupassant — no doubt in the interests of brevity — often sacrifices character to plot, and relies on a technique of characterisation that is somewhat simplistic and even at times caricatural. The two grotesque Englishmen in *Un Duel* are extreme examples of the trend. The *Contes et Nouvelles* feature a wide selection of pot-bellied bourgeois, scrawny, grasping peasants, bullying Prus-

sian officers and elegant and devastatingly cynical *grandes dames* who tend to recur as types. Yet even here Maupassant pulls the strings of what Henry James once described as his "puppets" with consummate skill, and, as we find in *Un Duel* and in *Miss Harriet* (with its all-too-familiar French cliché of *la vieille fille anglaise*) the author rarely loses the power to take us by surprise and yet cajole us into a suspension of disbelief.

The fact is that throughout the world Maupassant's tales endure as a major achievement in the history of modern fiction, and they shine out as a monument to those qualities of clarity, precision and elegance that have earned French a unique position among the languages of mankind. The critics will no doubt continue to disagree as to the intrinsic merit of Maupassant's work, but in "the straight art of story-telling" and in the esteem of a vast international public he seems destined to survive, as predicted by Thomas Mann, among the immortals.

The Stories

The texts which follow give glimpses of the Franco-Prussian War in its second stage, subsequent to the collapse at Sedan, and, in the case of *Un Duel*, an account of an incident occurring after the armistice.

Perhaps because like his fellow-*Naturalistes* Maupassant was anxious to observe a certain objectivity, his view of the participants is apt to vary, but his attitude to war itself is constant throughout. War is not only cruel, but idiotic. "Faut-il être stupide pour se tuer comme ça!" sighs M. Morrissot in *Deux Amis*, where the delicate, changing beauty of the riverside scenery contrasts grotesquely with the intermittent belching of shot and shell from the nearby French fort on the Mont Valérien, bringing death and destruction to friend and foe alike. In *Boule de Suif* Mme Follenvie expresses similar feelings: "Vraiment n'est-ce pas une abomination de tuer des gens, qu'ils soient Prussiens, ou bien Anglais, ou bien Polonais, ou bien Français?" and as the old man puts it in the same story, referring to the German soldiers quartered in his district, ". . . ils ont tous laissé une femme et des enfants au pays; ça ne les amuse pas, la guerre, allez! Je

33

suis sûr qu'on pleure bien aussi là-bas après les hommes, et ça fournira une fameuse misère chez eux comme chez nous . . . Voyez-vous, Monsieur, entre pauvres gens, faut bien qu'on s'aide . . . C'est les grands qui font la guerre . . ." This theme recurs: the poor cannot afford "les haines patriotiques; cela n'appartient qu'aux classes supérieures." The poor are for Maupassant in *La Mère Sauvage* "la vraie chair à canon", the eternal victims of war. Whether, in his desire to stress the peasant's age-old hatred of war and deep distrust of the military, Maupassant may have underestimated the 'territorial instinct' that later, in the first World War, played its part in the ferocious defence of *le sol sacré*, is a matter for speculation.

What leaves no room for doubt is his disgust in face of the traditional association of war and religion, at the sight and sound of the Lutheran invaders "remerciant un Dieu au son du canon". As for the link between war and politics, he shares the hostility of his fellow-contributors to *Les Soirées de Médan* towards the windbag revanchist politicians of the day like Paul Déroulède, but in this respect he is obviously a sceptic and a cynic who spares neither Left nor Right; in *Boule de Suif* even Cornudet *le démoc*, who after all represents the Republican movement which had bravely carried on the fight after Sedan, is remorselessly cut down to size. A sarcastic comment reminds us, where he is concerned, that "les démocrates à longue barbe ont le monopole du patriotisme comme les hommes en soutane ont celui de la religion". In *Un Coup d'État* a local Republican bigwig is assigned a comic role, and not only the blue-blooded Imperialist and ex-Royalist mayor but the very bust of the departed Emperor, damaged but not destroyed by a hail of bullets, preserve a certain dignity.

Unlike Zola's massive novel, *La Débâcle*, Maupassant's stories never take us to the battlefield; they concentrate instead on fringe experiences and on the impact of war on a civilian population. Apart from an occasional glimpse of the famous (not to say notorious) *francs-tireurs*, only one aspect of the French military machine holds the author's attention, and here we are repeatedly plunged into the atmosphere of farce. Alarmed by the sound of a rabbit but through their sheer incompetence a menace to local civilians, the *Garde*

34

Nationale, that 'Dad's Army' of overweight amateurs, is treated throughout with merciless mockery. The fact that the formation had for a long time been recruited from the ranks of the bourgeoisie was no doubt enough to damn it in the eyes of a writer who had thoroughly absorbed Flaubert's contempt for the class from which they had both in fact emerged.

Maupassant's corpulent tradesman dressed in the uniform of the National Guard and a little brief authority owes much to the Parisian press and contemporary caricature, and becomes a stereotype in the stories. So does the Prussian soldier, or rather the tightly buttoned, pompous and bullying Prussian officer, with his beard, spiked helmet and porcelain pipe. Maupassant's concept of the rich and powerful as the eternal instigators of war and the poor as its listless victims is of interest in that, although the short stories confirmed a radically changed French conception of the typical German, they identify the brutality of invasion and occupation with the Prussian officer class. Maupassant shows the ordinary German soldiers in a quite different light, sometimes helping French house-wives with their daily chores, like the "quatre bons fils" who meet such a horrible fate in *La Mère Sauvage*, or frantically seeking the safety of capture by the enemy, as in the case of that natural pacifist, flat-footed Walter Schnaffs. As regards even the French bourgeois, Maupassant is curiously ambivalent; in the story *Deux Amis* the simple dignity of those unforgettable goodbyes, "Adieu, monsieur Morissot", "Adieu, monsieur Sauvage", not only conveys pathos without sentimentality but suggests that beneath the surface of Maupassant's cynicism there lurked a good old-fashioned belief in the courage of his countrymen. In that other striking miniature, *Un Duel*, we are left with another reminder that appearances can be misleading, as the Prussian bully learns to his eternal cost that there are limits to what fat, easy-going Frenchmen are willing to stand. As in the old story set in a certain zoo, "Cet animal est dangereux; quand on l'attaque, il se défend".

Yet by and large Maupassant's portrait of the French bourgeoisie — and of the upper classes too — under stress of war and occupation is a repellent compound of cowardice, greed and blatant hypocrisy.

Boule de Suif in particular strips the veneer of respectability from prominent personalities "qui ont de la Religion (*sic*) et des Principes", to reveal an Establishment ripe for 'collaboration' if not rotten to the core.[56] On the other hand the peasantry, portrayed in other works by Maupassant as callous, brutal, ignorant and indifferent to all but their immediate interests, is represented here only by *La Mère Sauvage*, and, as in the pendant to that story, *Le Père Milon*, the fearsome butchery inflicted by the two rustic protagonists on German soldiers is inspired mainly by the urge to avenge their slaughtered children. Once again, Maupassant's secret sympathies seem to lie with the poor.

This highly personal and somewhat simplistic view of French society, especially in the story *Boule de Suif*, involves a certain juggling with moral values. Maupassant continues the systematic denigration of the bourgeoisie launched by the Romantics, and helps to intensify a movement of ideas which was to gain in later years from Marxist propaganda and Existentialist teaching. The term bourgeois, which in the eighteenth century stood for virtue, has thus declined among French intellectuals into a term of abuse. Maupassant's main contribution, above all in *Boule de Suif*, was to stand conventional values on their head. Among the little group of snowbound travellers only a prostitute displays integrity, while the 'respectable' representatives of the Establishment are revealed in the act of perpetrating what Cornudet describes as an "infamie". Such a situation could easily have turned into farce or at least 'black comedy', but Maupassant, skilfully renovating the Romantic cliché of the golden-hearted courtesane, draws his story to a close on a note of genuine pathos, free from sentimentality and with a hint of tragic undertones.

Boule de Suif remains his masterpiece and typifies his artistry. Like Flaubert in *Madame Bovary*, he modelled some of his characters on people alive at the time. The victim herself was based on a certain Adrienne Legay, a young 'fallen woman' of Rouen, who according to Maupassant's uncle by marriage, Charles Cord'homme, had suffered the humiliating experience of her literary counterpart during the Prussian occupation. The author was to meet her, some years after

publication, at a local theatre; she died miserably and in dire poverty in 1892. Cord'homme himself, by the author's own admission, was the model for *le démoc*, while the cotton manufacturer, Carré-Lamadon, was suggested by a local notability. The power of the story, however, derives from Maupassant's creative gifts.

From several standpoints it is technically brilliant. The graphic account of the broken army straggling through Rouen, the atmosphere of the place under German occupation, evoked above all by "l'odeur de l'invasion", the preparations for the journey, the snow falling on the inn-yard, the pen-portraits of the travellers who represent to some extent a cross-section of French society, the steady build-up of tension leading to the girl's surrender, lead at exactly the right pace to the final scene in the coach, where the moral of the story and the indictment of the plotters are driven pitilessly home, not by direct authorial comment, but by Cornudet's first singing and then whistling the *Marseillaise*. Certain aspects of the story drew delighted words of praise from Flaubert in his letter of congratulation:

> "Quelles binettes que celles de vos bourgeois! Pas un n'est raté. Cornudet est immense et vrai! La religieuse couturée de petite vérole, parfaite, et le comte 'ma chère enfant', (*sic*) et la fin! La fille qui pleure pendant que l'autre chante la *Marseillaise*, sublime! Non! vraiment je suis content! Je me suis amusé et j'admire."

The Master might also have added a word of praise for the superb construction of the story, for the effect of balanced contrast between the attitude of the 'respectable' travellers before their release and their attitude afterwards. This is achieved in part by the use of physical devices, notably by the two so very different meals, even by the successive card games, with Boule de Suif taking part (and starting well) only in the first, and by the change in the weather, by the abrupt transformation from the cold, snowbound frustration of the evening at the little provincial hotel to the ironically bright sunshine of the following morning, when pigeons puff out their feathers and strut outside in the yard.[57]

The other stories represent the genus *conte* and reveal Maupassant's mastery of the shorter form. In their different ways they each sound that *note juste sur la guerre* which was the aim of the Médan group in 1880. They bring out not only the cruelty and stupidity of war but the element of the unexpected that always lies in wait in human affairs. The unheroic adventure of Walter Schnaffs involves a Prussian invader who is human, all too human, while the stout Frenchman in *Un Duel*, who nervously fires a pistol for the first time in his life and sees his German tormentor fall to the ground stone dead, illustrate Maupassant's interest in the impulsive and unpredictable aspects of human motivation. They suggest that war is not entirely devoid of comedy, and reflect a world less subject to the rigid determinism of Zola than to the irony of Fate and the quirks of what Camus was to call the Absurd.

Taken as a whole, they provide good examples of Maupassant's craftsmanship, cast light on a melancholy chapter in the history of Franco-German relations, herald the Occupation of 1940–1944 rather than the titanic struggle of 1914–1918, and give us cause for gratitude that a very old hatchet has at last been buried, perhaps for ever.

NOTES TO THE INTRODUCTION

[1] Following the signature of a treaty between France and Austria, the old Duchy of Lorraine had become French in 1766. The Maupassant claim to nobility was formally recognised by the French authorities in 1846.

[2] For an outstanding account of the conflict, see the prize-winning work, *The Franco-Prussian War*, by Michael Howard, Rupert Hart-Davis, 1962; see also *Select Bibliography*, p. 45.

[3] Howard, p. 18.

[4] The sentence was commuted to imprisonment for twenty years, but Bazaine eventually escaped and died in Spain in 1888.

[5] After the 1848 Revolution had driven Louis-Philippe from the throne, Napoleon was elected President of the new Republic, but by the *Coup d'État* of December 1851 he seized power to become Emperor Napoleon III and head of an authoritarian régime. It was the first modern dictatorship, in that it was based in due course on a referendum and on fear of the Left. The title 'Napoleon III' was used out of respect for the son of the great Napoleon, who after his father's exile to St Helena died, virtually a prisoner, in Austria, never having reigned. The Germans, in an attempt to placate the French, brought his ashes back to France during World War II and placed them with those of his father at the Invalides in Paris.

By a tragic coincidence it was in the vicinity of Sedan that the

German panzers were to break through in 1940, precipitating an even greater catastrophe than that of 1870.

6 Garibaldi was a native of Nice, which had become part of France in 1860.

7 "They were, according to one observer, 'the terror and the ruin of the countryside which they should have protected' " (Howard, p. 253). The title *Francs-Tireurs et Partisans de la France Libre* was adopted by a major (non-Gaullist) Resistance group in France during the second World War.

8 Howard, p. 381.

9 Grant and Temperley, *Europe in the Nineteenth and Twentieth Centuries (1789–1950)*, p. 277 (See *Select Bibliography*).

10 The short-lived revolutionary régime of 1871, known as *La Commune*, stood for a radically decentralised form of government giving much greater independence to the various *communes* of the country, i.e., to the basic units of French local government, some little more than villages.

11 F. Steegmuller, *Maupassant. A Lion in the Path*, Macmillan, 1972, p. 36.

12 According to one who was himself a professional wrestler (Steegmuller, p. 55).

13 After his rescue Swinburne had invited the boy to the cottage which he shared at Étretat with an Englishman called Powell, and had shown him a mummified hand said to be that of a parricide. Maupassant eventually rewrote the story of the hand, giving it a new title, *La Main*; instead of an Englishman named "Henry Smith", it features another called "Sir John Rowell" (Steegmuller, p. 68).

14 E. Maynial, *La Vie et l'Œuvre de Guy de Maupassant*, Société du Mercure de France, 1906, p. 67.

15 Maupassant's claim, reproduced in a number of works, is puzzl-

ing, since not only *La Main d'Écorché* but the longer story, *Le Docteur Héraclius Gloss*, seem to have been written in 1875, although the latter was apparently published later (*Contes et Nouvelles*, Albin Michel, 1957, Vol. II, pp. 757, 763).

16 *Le Roman*, published as a prefatory essay with *Pierre et Jean*, ed., G. Hainsworth, Harrap, 1966, pp. 45–46.

17 A. Vial, *Guy de Maupassant et l'Art du Roman*, Nizet, 1954, p. 260. The other stories in the collection were *L'Attaque du Moulin* (Zola), *Sac au Dos* (Huysmans), *La Saignée* (Céard), *L'Affaire du Grand 7* (Hennique), and *Après la Bataille* (Alexis).

18 *Boule de Suif*, Conard ed., *Œuvres Complètes*, 1908, p. xvi. (See *Select Bibliography*).

19 *Correspondance*, Vol. IV, p. 354, quoted by Maynial, p. 105, and in *Boule de Suif*, Conard ed., pp. 128–129.

20 *Boule de Suif*, Conard ed., p. xxii.

21 *Ibid.*, p. lvii.

22 Maupassant's plays include *La Répétition*, in one act (1879), *Histoire du Vieux Temps* (1879), *Musotte* (1891) and *La Paix du Ménage* (1892). All these except *La Répétition* were performed in Parisian theatres in Maupassant's lifetime. The memoirs-cum-travel-books are *Au Soleil* (1884), *Sur l'Eau* (1888) and *La Vie Errante* (1890).

23 See Gustave Flaubert, *Trois Contes*, ed. C. Duckworth, Harrap, 1959.

24 Cf. the novelist Paul Bourget's view that the *conte* "procédait par concentration", and Edgar Allan Poe's belief that the short story required a "pre-established design", involving concentration on a "single effect" (Vial, p. 443). In a television discussion on the short story (BBC 2, 8th June 1980), in which Robert Robinson appeared with Susan Hill, V.S. Pritchett, William Trevor and John Updike, it was suggested that in contrast to the novelist the short-story writer always knows in advance how the story

will end. This would appear to be the case with Maupassant, the ending being so to speak the essential of the story.

25 An illegitimate child is mentioned in the story *Boule de Suif*. Stories involving Maupassant's obsessive theme of the child include *Un Fils*, *Histoire Vraie*, *La Mère aux Monstres*, *L'Enfant*, *La Confession*, *L'Abandonné*, *Un Parricide*, *L'Armoire*, *Le Baptême*, *Monsieur Parent* (a *nouvelle* based upon the short *Le Petit*), *Rosalie Prudent* and *Duchoux*.

26 Vial, p. 103.

27 *Le Roman*, pp. 40–41.

28 See note 16 above.

29 Cf. the analysis of Flaubert's dramatic (defined by the author as "scenic") technique in P. Lubbock, *The Craft of Fiction*, Cape, 1921 and 1926; republished as a "Jonathan Cape Paperback", 1965.

30 From an unpublished letter quoted by Pol Neveux (who knew Maupassant personally) in *Boule de Suif*, Conard ed., p. xliv.

31 Pol Neveux, *Ibid.*, p. xlv. The films were respectively Russian (1934), Japanese (1935) and French (1946) (*Contes et Nouvelles*, Pléiade ed., Vol. I, 1974, p. 1300; see *Select Bibliography*).

32 See M. Vial's ingenious and very detailed analysis of the various forms taken by Maupassant's *pointes finales* (pp. 444–453).

33 For Sartre the story told by Maupassant's narrator is "un bref désordre qui s'est annulé." The middle-class listeners are briefly taken out of the order and security of their daily lives into an imaginary experience of disorder, only to return safely at the end, reassured as to the "équilibre stable" of their existence (J.-P. Sartre, "Qu'est-ce que la littérature?" in *Situations*, Vol. II, Gallimard, 1948, pp. 180–181). This view has been contested, notably by M. Vial, to whom the listeners' experience seems in no way reassuring (*Guy de Maupassant et l'Art du Roman*, p. 310–311).

42

[34] Pol Neveux in *Boule de Suif*, Conard ed., Introduction, pp. lii and lvii.

[35] See *Boule de Suif* (in this edition), p. 79.

[36] Vial, p. 248.

[37] *Ibid.*, p. 589.

[38] Quoted by A. Artinian, *Maupassant Criticism in France, 1880–1940*, New York, King's Crown Press, 1941, p. 140. *Frottée*, (here): 'polished'.

[39] *Le Roman*, pp. 46–47.

[40] A.-M. Schinz, "Le Vocabulaire de Maupassant et de Mérimée", in *La Revue des Langues Romanes*, Jan.-Feb. 1909, pp. 504–531, quoted by Vial, p. 570 and note 1.

[41] In a letter to a would-be writer, a M. Vaucaire, who had sought his advice; quoted by Vial, p. 63 (final sentence in block capitals).

[42] "Je suis entré dans la vie littéraire comme un météore et j'en sortirai comme un coup de foudre". Quoted by Pol Neveux, *Boule de Suif*, Conard ed., p. xv.

[43] R. Dumesnil, *Guy de Maupassant*, Armand Colin, 1933, republished 1947 by Tallandier, p. 162.

[44] Artinian, p. 27. Most of the critical judgments recorded here are taken from this doctoral thesis.

[45] *Ibid.*, pp. 117, 62, the latter comment by Felix Vanderem. In a characteristic flourish, Daudet condemned Maupassant as ham-fisted and vulgar, adding: ". . . il reste ceci que chez le coiffeur, chez le dentiste, dans les trains, il est de nature à tromper l'attente ("to while away the time") par le don de l'intérêt qui est en lui" (*Ibid.*, p. 76).

[46] *Ibid.*, pp. 137, 143.

[47] *Ibid.*, pp. 168–169.

48 *Œuvres Complètes Illustrées de Guy de Maupassant*, Librairie de France, 15 vols., 1934–1938, Preface, quoted by Artinian, p. 79.

49 Artinian, p. 164. Like other comments by non-French writers quoted in this section, this statement was made in reply to a questionnaire sent out by Dr Artinian. (*Novelle*, in German corresponds to the French *nouvelle*, 'short story'.)

50 *Ibid.*, p. 135.

51 In connection with Chekhov (who himself, as in the story *Typhus*, sometimes used the surprise ending) Somerset Maugham had strong views; in his opinion Maupassant "has suffered through the current, highly uncritical estimation in which Chekhov is held. But Chekhov isn't really as good as they think he is." (*Ibid.*, p. 105).

52 *Contes et Nouvelles*, Pléiade ed., Vol. I, Introduction, p. xii.

53 J.H. Matthews, "Theme and Structure in Maupassant's Short Stories", in *Modern Languages*, Dec. 1962, pp. 136–144.

54 Artinian, p. 39.

55 *The Observer*, 16th March 1980.

56 Maupassant was well aware of the resentment that his tableau of the local Norman élite would arouse. A letter written to Flaubert on 2nd December 1879 runs: "Je serai désormais obligé d'avoir des pistolets dans mes poches pour traverser Rouen" (Pléiade ed., notes, p. 1295). In a subsequent letter Maupassant adds that what he has written (in *Boule de Suif*) about the behaviour of the local bourgeoisie at the time of the invasion is "encore beaucoup au-dessous de la vérité", i.e. an understatement (see *Ibid.*, pp. 1298–1299).

57 In her Introduction to the Garnier edition of the stories, Professor Marie-Claire Bancquart compares the movement of the characters in *Boule de Suif* (separation-union-separation) to those of a ballet (p. xxxiv).

SELECT BIBLIOGRAPHY

The Historical and Social Background

GRANT, A.J. and TEMPERLEY, H.: *Europe in the Nineteenth and Twentieth Centuries (1789–1950)*, Longman, 1927, 6th edition, 1952.

COBBAN, A.: *A History of Modern France*, Vol. II, *1799–1871*, Penguin, 2nd ed., 1965.

HOWARD, M.: *The Franco-Prussian War*, Rupert Hart-Davis, 1962.

ZELDIN, T.: *France 1848–1945. Anxiety and Hypocrisy*, Clarendon Press, 1977; new (paperback) edition, Oxford University Press, 1981.

The Literary Background

MARTINO, P.: *Le Naturalisme Français, 1870–1895*, Armand Colin, 1923.

BEUCHAT, C.: *Histoire du Naturalisme Français*, Éditions Corrêa, 2 vols., 1949.

DUMESNIL, R.: *L'Époque Réaliste et Naturaliste*, Tallandier, 1945.

COGNY, P.: *Le Naturalisme*, Presses Universitaires de France, 1953.

DUMESNIL, R.: *Le Réalisme et le Naturalisme*, Del Duca de Gigord, 1955.

45

Narrative Technique

LUBBOCK, P.: *The Craft of Fiction*, Cape, 1921 and 1926; republished as a "Jonathan Cape Paperback", 1965.

O'FAOLAIN, S.: *The Short Story*, Collins, 1948.

BARRÈRE, J.-B.: "L'Art de la Nouvelle Moderne", in *La Revue de Littérature Comparée*, Oct.-Dec. 1950.

TURNELL, M.: *The Art of French Fiction*, Hamish Hamilton, 1959.

Bibliographical Studies

A number of studies of Maupassant provide detailed bibliographical data, notably those of G. de Lacaze-Duthiers and A. Vial listed below. See also:

THIEME, H.P.: *Bibliographie de la Littérature Française*, Droz, 1933, pp. 260–263.

SULLIVAN, E.D. and STEEGMULLER, F.: "Supplément à la Bibliographie de Guy de Maupassant", in *La Revue d'Histoire Littéraire de la France*, Oct.-Dec. 1949.

See also amendments to the latter article in:

VIAL, A.: "Mise au Point", in *Le Bulletin du Bibliophile et du Bibliothécaire*, No. 2, 1950, and in the Albin Michel edition of the *Contes et Nouvelles*, Vol. II, 1957, under "Remarques" by G. Delaisement pp. 1333–1335.

Collected Works of Maupassant

Œuvres Complètes de Guy de Maupassant, Louis Conard, 29 vols., 1908–1910 and 1930 (Vol. 1, dated 1908 but not numbered, contains an *Étude* by Pol Neveux, who knew Maupassant personally.)

Œuvres Complètes Illustrées de Guy de Maupassant, ed. R. Dumesnil, Librairie de la France, 15 vols., 1934–1938.

Œuvres Complètes, ed. G. Sigaux, Lausanne, Éditions Rencontre, 16 vols., 1961–62.

Œuvres Complètes, ed. P. Pia, Paris, Levallois-Perret, Cercle du Bibliophile, 7 vols., 1969.

Contes et Nouvelles, ed. A.-M. Schmidt, Albin Michel, 2 vols., 1956, 1957.

Contes et Nouvelles, ed. L. Forestier, Bibliothèque de la Pléiade, Gallimard, 2 vols., 1974, 1979.

Boule de Suif et Autres Contes Normands, ed. Marie-Claire Bancquart, Classiques Garnier, 1975.

Critical and Historical Studies of Maupassant

TOLSTOI (*sic*), L.N.: *Zola, Dumas, Guy de Maupassant*, Léon Chailley, 1894.

LUMBROSO, A.: *Souvenirs sur Maupassant*, Rome, Bocca, and Paris, Schleicher Frères, 1905.

MAYNIAL, E.: *La Vie et L'Œuvre de Guy de Maupassant*, Société du Mercure de France, 1906.

NEVEUX, P.: "Guy de Maupassant. Étude", in *Boule de Suif*, Conard edition, 1908.

SCHINZ, A.-M.: "Le Vocabulaire de Maupassant et de Mérimée" in *La Revue des Langues Romanes*, Jan.-Feb. 1909.

TASSART, F.: *Souvenirs sur Guy de Maupassant, par François, son Valet de Chambre (1883–1893)*, Plon, 1911.

CROCE, B.: "Maupassant", in *European Literature in the Nineteenth Century*, New York, Knopf, 1924.

LACAZE-DUTHIERS, G. DE: *Guy de Maupassant et son Œuvre*, Éditions de la Nouvelle Revue Critique, 1926.

BOREL, P.: *Le Destin Tragique de Guy de Maupassant*, Éditions de France, 1927.

* DUMESNIL, R.: *Guy de Maupassant*, Armand Colin, 1933, republished Tallandier, 1947.

ARTINIAN, A.: *Maupassant Criticism in France, 1880–1940*, New York, King's Crown Press, 1941.

* MORAND, P.: *La Vie de Guy de Maupassant*, Flammarion, 1942.

GAUDEFROY-DEMOMBYES, L.: *La Femme dans l'Œuvre de Maupassant*, Société du Mercure de France, 1948.

JAMES, H.: *The Art of Fiction and Other Essays*, Introduction by

Morris Roberts, New York, Oxford University Press, 1948. (For essay by Henry James on Maupassant, see pp. 70–96).

WEST, R.B. and STALLMAN, R.W.: "Guy de Maupassant: 'La Mère Sauvage'. Point of View and Particularised Symbols", in *The Art of Modern Fiction*, New York, Rinehart, 1949.

* STEEGMULLER, F.: *Maupassant*, Collins, 1950, republished in a revised version as *Maupassant. A Lion in the Path*, Macmillan, 1972.

THORAVAL, J.: *L'Art de Maupassant d'après ses Variantes*, Imprimerie Nationale, 1950.

CASTEX, P.: *Le Conte Fantastique de Nodier à Maupassant*, Joseph Corti, 1951.

BOREL, P.: *Le Vrai Maupassant*, Geneva, Cailler, 1951.

HAINSWORTH, G.: "Pattern and Symbol in the Work of Maupassant", in *French Studies*, Jan. 1951.

* SULLIVAN, E.D.: *Maupassant the Novelist*, Princeton University Press, 1954.

VIAL, A.: *Guy de Maupassant et l'Art du Roman*, Nizet, 1954.

TOGEBY, K.: *L'Œuvre de Maupassant*, Copenhagen, Danish Science Press, and Paris, Presses Universitaires de France, 1954.

SULLIVAN, E.D.: "Maupassant and the Motif of the Mask", in *Symposium*, Spring, 1956.

ARTINIAN, A.: *Pour et Contre Maupassant*, Nizet, 1956.

JAMES, H.: *The House of Fiction: Essays on the Novel*, Introduction by Leon Edel, Rupert Hart-Davis, 1957. For Henry James's study of Maupassant's theoretical essay, *Le Roman*, and a critical appreciation of his literary achievement, see pp. 139–167.

LEMOINE, F.: *Guy de Maupassant*, Éditions Universitaires, ("Classiques du XIXe Siècle"), 1957.

COGNY, P.: *Maupassant, l'Homme sans Dieu*, Lucien Mazenod, 1957.

JANSSEN, C.L.: *Le Décor chez Guy de Maupassant*, Copenhagen, Munksgaard, 1960.

* SULLIVAN, E.D.: *Maupassant. The Short Stories*, Arnold, 1962.

* SCHMIDT, A.-M.: *Maupassant par Lui-Même*, Éditions du Seuil, 1962.

48

SELECT BIBLIOGRAPHY

MATTHEWS. J.H.: "Theme and Structure in Maupassant's Short Stories", in *Modern Languages*, Dec. 1962.

HAINSWORTH, G.: "Schopenhauer, Flaubert, Maupassant: Conceptual Thought and Artistic 'Truth' ", in *Currents of Thought in French Literature: Essays in Memory of G.T. Clapton*, Basil Blackwell; Oxford, 1966.

* IGNOTUS, P.: *The Paradox of Maupassant*, University of London Press, 1967.

LANOUX, A.: *Maupassant, Le Bel-Ami*, Fayard, 1967.

VARIOUS AUTHORS: Special number of review *Europe*, 1969

CASTELLA, C.: *Structures Romanesques et Vision Sociale chez Guy de Maupassant*, Éditions de l'Age de l'Homme, 1972.

WILLI, K.: *Determinisme et Liberté chez Guy de Maupassant*, published by the University of Zurich, 1972.

BESNARD-COURSODON, M.: *Etude Thématique et Structurale de l'Œuvre de Maupassant, Le Piège*, Nizet, 1973.

WALLACE, A.H.: *Guy de Maupassant*, New York, Twayne Publishers, 1973.

DUGAN, J.R.: *Illusion and Reality. A Study of the Descriptive Techniques in the Works of Guy de Maupassant*, The Hague and Paris, Mouton, 1973.

* LERNER, M.G.: *Maupassant*, Allen and Unwin, 1975. (Popular biography).

ALVADO, H. *Maupassant, ou l'Amour Réaliste*. La Pensée Universelle, 1980. (Based on a *Mémoire d'Études Supérieures* written almost twenty years earlier.)

* Works marked thus can be read as useful introductory studies. It is hoped that the more specialised items will be helpful to students about to embark upon research.

Soldiers

BOULE DE SUIF

Pendant plusieurs jours de suite des lambeaux d'armée en
déroute avaient traversé la ville. Ce n'était point de la
troupe, mais des hordes débandées. Les hommes avaient la
barbe longue et sale, des uniformes en guenilles, et ils avan-
çaient d'une allure molle, sans drapeau, sans régiment. Tous
semblaient accablés, éreintés, incapables d'une pensée ou d'une
résolution, marchant seulement par habitude, et tombant de
fatigue sitôt qu'ils s'arrêtaient. On voyait surtout des mobilisés,
gens pacifiques, rentiers tranquilles, pliant sous le poids du
fusil; des petits moblots alertes, faciles à l'épouvante et prompts
à l'enthousiasme, prêts à l'attaque comme à la fuite; puis, au
milieu d'eux, quelques culottes rouges, débris d'une division
moulue dans une grande bataille; des artilleurs sombres alignés
avec ces fantassins divers; et, parfois, le casque brillant d'un
dragon au pied pesant qui suivait avec peine la marche plus
légère des lignards.

Des légions de francs-tireurs aux appellations héroïques :
« les Vengeurs de la Défaite — les Citoyens de la Tombe —
les Partageurs de la Mort » — passaient à leur tour, avec des
airs de bandits.

Leurs chefs, anciens commerçants en draps ou en graines,
ex-marchands de suif ou de savon, guerriers de circonstance,
nommés officiers pour leurs écus ou la longueur de leurs mous-
taches, couverts d'armes, de flanelle et de galons, parlaient

50

d'une voix retentissante, discutaient plans de campagne, et prétendaient soutenir seuls la France agonisante sur leurs épaules de fanfarons; mais ils redoutaient parfois leurs propres soldats, gens de sac et de corde, souvent braves à outrance, pillards et débauchés.

Les Prussiens allaient entrer dans Rouen, disait-on.

La Garde nationale qui, depuis deux mois, faisait des reconnaissances très prudentes dans les bois voisins, fusillant parfois ses propres sentinelles, et se préparant au combat quand un petit lapin remuait sous des broussailles, était rentrée dans ses foyers. Ses armes, ses uniformes, tout son attirail meurtrier, dont elle épouvantait naguère les bornes des routes nationales à trois lieues à la ronde, avaient subitement disparu.

Les derniers soldats français venaient enfin de traverser la Seine pour gagner Pont-Audemer par Saint-Sever et Bourg-Achard; et, marchant après tous, le général, désespéré, ne pouvant rien tenter avec ces loques disparates, éperdu lui-même dans la grande débâcle d'un peuple habitué à vaincre et désastreusement battu malgré sa bravoure légendaire, s'en allait à pied, entre deux officiers d'ordonnance.

Puis un calme profond, une attente épouvantée et silencieuse avaient plané sur la cité. Beaucoup de bourgeois bedonnants, émasculés par le commerce, attendaient anxieusement les vainqueurs, tremblant qu'on ne considérât comme une arme leurs broches à rôtir ou leurs grands couteaux de cuisine.

La vie semblait arrêtée, les boutiques étaient closes, la rue muette. Quelquefois un habitant, intimidé par ce silence, filait rapidement le long des murs.

L'angoisse de l'attente faisait désirer la venue de l'ennemi.

Dans l'après-midi du jour qui suivit le départ des troupes françaises, quelques uhlans, sortis on ne sait d'où, traversèrent la ville avec célérité. Puis, un peu plus tard, une masse noire descendit de la côte Sainte-Catherine, tandis que deux autres flots envahisseurs apparaissaient par les routes de Darnetal et de Boisguillaume. Les avant-gardes des trois corps, juste au même moment, se joignirent sur la place de l'Hôtel-de-Ville; et, par toutes les rues voisines, l'armée allemande arrivait, dérou-

lant ses bataillons qui faisaient sonner les pavés sous leur pas dur et rythmé.

Des commandements criés d'une voix inconnue et gutturale montaient le long des maisons qui semblaient mortes et désertes, tandis que, derrière les volets fermés, des yeux guettaient ces hommes victorieux, maîtres de la cité, des fortunes et des vies, de par le « droit de guerre ». Les habitants, dans leurs chambres assombries, avaient l'affolement que donnent les cataclysmes, les grands bouleversements meurtriers de la terre, contre lesquels toute sagesse et toute force sont inutiles. Car la même sensation reparaît chaque fois que l'ordre établi des choses est renversé, que la sécurité n'existe plus, que tout ce que protégeaient les lois des hommes ou celles de la nature, se trouve à la merci d'une brutalité inconsciente et féroce. Le tremblement de terre écrasant sous des maisons croulantes un peuple entier ; le fleuve débordé qui roule les paysans noyés avec les cadavres des bœufs et les poutres arrachées aux toits, ou l'armée glorieuse massacrant ceux qui se défendent, emmenant les autres prisonniers, pillant au nom du Sabre et remerciant un Dieu au son du canon, sont autant de fléaux effrayants qui déconcertent toute croyance à la justice éternelle, toute la confiance qu'on nous enseigne en la protection du ciel et en la raison de l'homme.

Mais à chaque porte des petits détachements frappaient, puis disparaissaient dans les maisons. C'était l'occupation après l'invasion. Le devoir commençait pour les vaincus de se montrer gracieux envers les vainqueurs.

Au bout de quelque temps, une fois la première terreur disparue, un calme nouveau s'établit. Dans beaucoup de familles, l'officier prussien mangeait à table. Il était parfois bien élevé, et, par politesse, plaignait la France, disait sa répugnance en prenant part à cette guerre. On lui était reconnaissant de ce sentiment; puis on pouvait, un jour ou l'autre, avoir besoin de sa protection. En le ménageant on obtiendrait peut-être quelques hommes de moins à nourrir. Et pourquoi blesser quelqu'un dont on dépendait tout à fait ? Agir ainsi serait moins de la bravoure que de la témérité. — Et la témérité n'est plus un

défaut des bourgeois de Rouen, comme au temps des défenses héroïques où s'illustra leur cité. — On se disait enfin, raison suprême tirée de l'urbanité française, qu'il demeurait bien permis d'être poli dans son intérieur pourvu qu'on ne se montrât pas familier en public, avec le soldat étranger. Au dehors on ne se connaissait plus, mais dans la maison on causait volontiers, et l'Allemand demeurait plus longtemps, chaque soir, à se chauffer au foyer commun.

La ville reprenait peu à peu de son aspect ordinaire. Les Français ne sortaient guère encore, mais les soldats prussiens grouillaient dans les rues. Du reste, les officiers de hussards bleus, qui traînaient avec arrogance leurs grands outils de mort sur le pavé, ne semblaient pas avoir pour les simples citoyens énormément plus de mépris que les officiers de chasseurs, qui, l'année d'avant, buvaient aux mêmes cafés.

Il y avait cependant quelque chose dans l'air, quelque chose de subtil et d'inconnu, une atmosphère étrangère intolérable, comme une odeur répandue, l'odeur de l'invasion. Elle emplissait les demeures et les places publiques, changeait le goût des aliments, donnait l'impression d'être en voyage, très loin, chez des tribus barbares et dangereuses.

Les vainqueurs exigeaient de l'argent, beaucoup d'argent. Les habitants payaient toujours; ils étaient riches d'ailleurs. Mais plus un négociant normand devient opulent et plus il souffre de tout sacrifice, de toute parcelle de sa fortune qu'il voit passer aux mains d'un autre.

Cependant, à deux ou trois lieues sous la ville, en suivant le cours de la rivière, vers Croisset, Dieppedalle ou Biessart, les mariniers et les pêcheurs ramenaient souvent du fond de l'eau quelque cadavre d'Allemand gonflé dans son uniforme, tué d'un coup de couteau ou de savate, la tête écrasée par une pierre, ou jeté à l'eau d'une poussée du haut d'un pont. Les vases du fleuve ensevelissaient ces vengeances obscures, sauvages et légitimes, héroïsmes inconnus, attaques muettes, plus périlleuses que les batailles au grand jour et sans le retentissement de la gloire. Car la haine de l'Étranger arme toujours quelques Intrépides prêts à mourir pour une Idée.

Enfin, comme les envahisseurs, bien qu'assujettissant la ville à leur inflexible discipline, n'avaient accompli aucune des horreurs que la renommée leur faisait commettre tout le long de leur marche triomphale, on s'enhardit, et le besoin du négoce travailla de nouveau le cœur des commerçants du pays. Quelques-uns avaient de gros intérêts engagés au Havre que l'armée française occupait, et ils voulurent tenter de gagner ce port en allant par terre à Dieppe où ils s'embarqueraient.

On employa l'influence des officiers allemands dont on avait fait la connaissance, et une autorisation de départ fut obtenue du général en chef.

Donc, une grande diligence à quatre chevaux ayant été retenue pour ce voyage, et dix personnes s'étant fait inscrire chez le voiturier, on résolut de partir un mardi matin, avant le jour, pour éviter tout rassemblement.

Depuis quelque temps déjà la gelée avait durci la terre, et le lundi, vers trois heures, de gros nuages noirs venant du nord apportèrent la neige, qui tomba sans interruption pendant toute la soirée et toute la nuit.

A quatre heures et demie du matin, les voyageurs se réunirent dans la cour de l'Hôtel de Normandie, où l'on devait monter en voiture.

Ils étaient encore pleins de sommeil, et grelottaient de froid sous leurs couvertures. On se voyait mal dans l'obscurité, et l'entassement des lourds vêtements d'hiver faisait ressembler tous ces corps à des curés obèses avec leurs longues soutanes. Mais deux hommes se reconnurent, un troisième les aborda, ils causèrent : « J'emmène ma femme, dit l'un. — J'en fais autant. — Et moi aussi. » Le premier ajouta : « Nous ne reviendrons pas à Rouen, et si les Prussiens approchent du Havre nous gagnerons l'Angleterre. » Tous avaient les mêmes projets, étant de complexion semblable.

Cependant on n'attelait pas la voiture. Une petite lanterne, que portait un valet d'écurie, sortait de temps à autre d'une porte obscure pour disparaître immédiatement dans une autre. Des pieds de chevaux frappaient la terre, amortis par le fumier des litières, et une voix d'homme parlant aux bêtes et jurant

54

s'entendait au fond du bâtiment. Un léger murmure de grelots
annonça qu'on maniait les harnais; ce murmure devint bientôt un
frémissement clair et continu, rythmé par le mouvement de l'ani-
mal, s'arrêtant parfois, puis reprenant dans une brusque secousse
qu'accompagnait le bruit mat d'un sabot ferré battant le sol.

La porte subitement se ferma. Tout bruit cessa. Les bourgeois,
gelés, s'étaient tus : ils demeuraient immobiles et roidis.

Un rideau de flocons blancs ininterrompu miroitait sans cesse
en descendant vers la terre; il effaçait les formes, poudrait les
choses d'une mousse de glace, et l'on n'entendait plus, dans le
grand silence de la ville calme et ensevelie sous l'hiver, que ce
froissement vague, innommable et flottant de la neige qui
tombe, plutôt sensation que bruit, entremêlement d'atomes
légers qui semblaient emplir l'espace, couvrir le monde.

L'homme reparut, avec sa lanterne, tirant au bout d'une
corde un cheval triste qui ne venait pas volontiers. Il le plaça
contre le timon, attacha les traits, tourna longtemps autour pour
assurer les harnais, car il ne pouvait se servir que d'une main,
l'autre portant sa lumière. Comme il allait chercher la seconde
bête, il remarqua tous ces voyageurs immobiles, déjà blancs de
neige, et leur dit : « Pourquoi ne montez-vous pas dans la
voiture ? vous serez à l'abri, au moins. »

Ils n'y avaient pas songé, sans doute, et ils se précipitèrent.
Les trois hommes installèrent leurs femmes dans le fond, mon-
tèrent ensuite; puis les autres formes indécises et voilées prirent
à leur tour les dernières places sans échanger une parole.

Le plancher était couvert de paille où les pieds s'enfoncèrent.
Les dames du fond, ayant apporté des petites chaufferettes en
cuivre avec un charbon chimique, allumèrent ces appareils, et,
pendant quelque temps, à voix basse, elles en énumérèrent les
avantages, se répétant des choses qu'elles savaient déjà depuis
longtemps.

Enfin, la diligence étant attelée, avec six chevaux au lieu de
quatre à cause du tirage plus pénible, une voix du dehors
demanda : « Tout le monde est-il monté ? » Une voix du dedans
répondit : « Oui. » On partit.

La voiture avançait lentement, lentement, à tout petits pas.

Les roues s'enfonçaient dans la neige; le coffre entier geignait avec des craquements sourds; les bêtes glissaient, soufflaient, fumaient, et le fouet gigantesque du cocher claquait sans repos, voltigeait de tous les côtés, se nouant et se déroulant comme un serpent mince, et cinglant brusquement quelque croupe rebondie qui se tendait alors sous un effort plus violent.

Mais le jour imperceptiblement grandissait. Ces flocons légers qu'un voyageur, Rouennais pur sang, avait comparés à une pluie de coton, ne tombaient plus. Une lueur sale filtrait à travers de gros nuages obscurs et lourds qui rendaient plus éclatante la blancheur de la campagne où apparaissaient tantôt une ligne de grands arbres vêtus de givre, tantôt une chaumière avec un capuchon de neige.

Dans la voiture, on se regardait curieusement, à la triste clarté de cette aurore.

Tout au fond, aux meilleures places, sommeillaient, en face l'un de l'autre, M. et M^me Loiseau, des marchands de vins en gros de la rue Grand-Pont.

Ancien commis d'un patron ruiné dans les affaires, Loiseau avait acheté le fonds et fait fortune. Il vendait à très bon marché de très mauvais vin aux petits débitants des campagnes et passait parmi ses connaissances et ses amis pour un fripon madré, un vrai Normand plein de ruses et de jovialité.

Sa réputation de filou était si bien établie, qu'un soir, à la préfecture, M. Tournel, auteur de fables et de chansons, esprit mordant et fin, une gloire locale, avait proposé aux dames qu'il voyait un peu somnolentes de faire une partie de « Loiseau vole »; le mot lui-même vola à travers les salons du préfet, puis, gagnant ceux de la ville, avait fait rire pendant un mois toutes les mâchoires de la province.

Loiseau était en outre célèbre par ses farces de toute nature, ses plaisanteries bonnes ou mauvaises, et personne ne pouvait parler de lui sans ajouter immédiatement : « Il est impayable, ce Loiseau. »

De taille exiguë, il présentait un ventre en ballon surmonté d'une face rougeaude entre deux favoris grisonnants.

Sa femme, grande, forte, résolue, avec la voix haute et la

décision rapide, était l'ordre et l'arithmétique de la maison de commerce, qu'il animait par son activité joyeuse. ✳

A côté d'eux se tenait, plus digne, appartenant à une caste supérieure, M. Carré-Lamadon, homme considérable, posé dans les cotons, propriétaire de trois <u>filatures</u>, officier de la Légion *firms* d'honneur et membre du Conseil général. Il était resté, tout le temps de l'Empire, chef de l'opposition bienveillante, uniquement pour se faire payer plus cher son ralliement à la cause qu'il combattait avec des armes courtoises, selon sa propre expression. M^me Carré-Lamadon, beaucoup plus jeune que son mari, demeurait la consolation des officiers de bonne famille envoyés à Rouen en garnison.

Elle faisait vis-à-vis à son époux, toute petite, toute mignonne, toute jolie, <u>pelotonnée</u> dans ses fourrures, et regardait d'un œil *wrapped* navré l'intérieur lamentable de la voiture. *disgusted*

Ses voisins, le comte et la comtesse Hubert de Bréville, portaient un des noms les plus anciens et les plus nobles de la Normandie. Le comte, vieux gentilhomme de grande tournure, s'efforçait d'accentuer, par les artifices de sa toilette, sa ressemblance naturelle avec le roy Henri IV, qui, suivant une légende glorieuse pour la famille, avait rendu grosse une dame de Bréville, dont le mari, pour ce fait, était devenu comte et gouverneur de province.

Collègue de M. Carré-Lamadon au Conseil général, le comte Hubert représentait le parti orléaniste dans le département. L'histoire de son mariage avec la fille d'un petit armateur de Nantes était toujours demeurée mystérieuse. Mais, comme la comtesse avait grand air, recevait mieux que personne, passait même pour avoir été aimée par un des fils de Louis-Philippe, toute la noblesse lui faisait fête, et son salon demeurait le premier du pays, le seul où se conservât la vieille galanterie, et dont l'entrée fût difficile.

La fortune des Bréville, toute en biens-fonds, atteignait, disait-on, cinq cent mille livres de revenu.

✳ <u>Ces six personnes formaient le fond de la voiture, le côté de la société rentée, sereine et forte, des honnêtes gens autorisés qui ont de la Religion et des Principes.</u> ✳

57

Quotation

Par un hasard étrange toutes les femmes se trouvaient sur le même banc; et la comtesse avait encore pour voisines deux bonnes sœurs qui égrenaient de longs chapelets en marmottant des *Pater* et des *Ave*. L'une était vieille avec une face défoncée par la petite vérole comme si elle eût reçu à bout portant une bordée de mitraille en pleine figure. L'autre, très chétive, avait une tête jolie et maladive sur une poitrine de phtisique rongée par cette foi dévorante qui fait les martyrs et les illuminés.

En face des deux religieuses un homme et une femme attiraient les regards de tous.

L'homme, bien connu, était Cornudet le démoc, la terreur des gens respectables. Depuis vingt ans il trempait sa barbe rousse dans les bocks de tous les cafés démocratiques. Il avait mangé avec les frères et amis une assez belle fortune qu'il tenait de son père, ancien confiseur, et il attendait impatiemment la République pour obtenir enfin la place méritée par tant de consommations révolutionnaires. Au quatre septembre, par suite d'une farce peut-être, il s'était cru nommé préfet; mais quand il voulut entrer en fonctions, les garçons de bureau, demeurés seuls maîtres de la place, refusèrent de le reconnaître, ce qui le contraignit à la retraite. Fort bon garçon du reste, inoffensif et serviable, il s'était occupé avec une ardeur incomparable d'organiser la défense. Il avait fait creuser des trous dans les plaines, coucher tous les jeunes arbres des forêts voisines, semé des pièges sur toutes les routes, et, à l'approche de l'ennemi, satisfait de ses préparatifs, il s'était vivement replié vers la ville. Il pensait maintenant se rendre plus utile au Havre, où de nouveaux retranchements allaient être nécessaires.

La femme, une de celles appelées galantes, était célèbre par son embonpoint précoce qui lui avait valu le surnom de Boule de suif. Petite, ronde de partout, grasse à lard, avec des doigts bouffis, étranglés aux phalanges, pareils à des chapelets de courtes saucisses, avec une peau luisante et tendue, une gorge énorme qui saillait sous sa robe, elle restait cependant appétissante et courue, tant sa fraîcheur faisait plaisir à voir. Sa figure était une pomme rouge, un bouton de pivoine prêt à fleurir, et là dedans s'ouvraient, en haut, des yeux noirs magnifiques, ombra-

gés de grands cils épais qui mettaient une ombre dedans; en bas, une bouche charmante, étroite, humide pour le baiser, meublée de quenottes luisantes et microscopiques.

Elle était de plus, disait-on, pleine de qualités inappréciables.

Aussitôt qu'elle fut reconnue, des chuchotements coururent parmi les femmes honnêtes, et les mots de « prostituée », de « honte publique » furent chuchotés si haut qu'elle leva la tête. Alors elle promena sur ses voisins un regard tellement provocant et hardi qu'un grand silence aussitôt régna, et tout le monde baissa les yeux à l'exception de Loiseau, qui la guettait d'un air émoustillé.

Mais bientôt la conversation reprit entre les trois dames, que la présence de cette fille avait rendues subitement amies, presque intimes. Elles devaient faire, leur semblait-il, comme un faisceau de leurs dignités d'épouses en face de cette vendue sans vergogne; car l'amour légal le prend toujours de haut avec son libre confrère.

Les trois hommes aussi, rapprochés par un instinct de conservateurs à l'aspect de Cornudet, parlaient argent d'un certain ton dédaigneux pour les pauvres. Le comte Hubert disait les dégâts que lui avaient fait subir les Prussiens, les pertes qui résulteraient du bétail volé et des récoltes perdues, avec une assurance de grand seigneur dix fois millionnaire que ces ravages gêneraient à peine une année. M. Carré-Lamadon, fort éprouvé dans l'industrie cotonnière, avait eu soin d'envoyer six cent mille francs en Angleterre, une poire pour la soif qu'il se ménageait à toute occasion. Quant à Loiseau, il s'était arrangé pour vendre à l'Intendance française tous les vins communs qui lui restaient en cave, de sorte que l'État lui devait une somme formidable qu'il comptait bien toucher au Havre.

Et tous les trois se jetaient des coups d'œil rapides et amicaux. Bien que de conditions différentes, ils se sentaient frères par l'argent, de la grande franc-maçonnerie de ceux qui possèdent, qui font sonner de l'or en mettant la main dans la poche de leur culotte.

La voiture allait si lentement qu'à dix heures du matin on n'avait pas fait quatre lieues. Les hommes descendirent trois

fois pour monter des côtes à pied. On commençait à s'inquiéter, car on devait déjeuner à Tôtes et l'on désespérait maintenant d'y parvenir avant la nuit. Chacun guettait pour apercevoir un cabaret sur la route, quand la diligence sombra dans un amoncellement de neige, et il fallut deux heures pour la dégager.

L'appétit grandissait, troublait les esprits, et aucune gargote, aucun marchand de vin ne se montraient, l'approche des Prussiens et le passage des troupes françaises affamées ayant effrayé toutes les industries.

Les messieurs coururent aux provisions dans les fermes au bord du chemin, mais ils n'y trouvèrent pas même de pain, car le paysan, défiant, cachait ses réserves dans la crainte d'être pillé par les soldats qui, n'ayant rien à se mettre sous la dent, prenaient par force ce qu'ils découvraient.

Vers une heure de l'après-midi, Loiseau annonça que décidément il se sentait un rude creux dans l'estomac. Tout le monde souffrait comme lui depuis longtemps, et le violent besoin de manger, augmentant toujours, avait tué les conversations.

De temps en temps, quelqu'un bâillait; un autre presque aussitôt l'imitait, et chacun, à tour de rôle, suivant son caractère, son savoir-vivre et sa position sociale, ouvrait la bouche avec fracas ou modestement en portant vite sa main devant le trou béant d'où sortait une vapeur.

Boule de suif, à plusieurs reprises, se pencha comme si elle cherchait quelque chose sous ses jupons. Elle hésitait une seconde, regardait ses voisins, puis se redressait tranquillement. Les figures étaient pâles et crispées. Loiseau affirma qu'il payerait mille francs un jambonneau. Sa femme fit un geste comme pour protester, puis elle se calma. Elle souffrait toujours en entendant parler d'argent gaspillé, et ne comprenait même pas les plaisanteries sur ce sujet. « Le fait est que je ne me sens pas bien, dit le comte; comment n'ai-je pas songé à apporter des provisions ? » Chacun se faisait le même reproche.

Cependant, Cornudet avait une gourde pleine de rhum; il en offrit : on refusa froidement. Loiseau seul en accepta deux gouttes, et, lorsqu'il rendit la gourde, il remercia : « C'est bon

tout de même, ça réchauffe, et ça trompe l'appétit. » L'alcool le mit en belle humeur et il proposa de faire comme sur le petit navire de la chanson : de manger le plus gras des voyageurs. Cette allusion indirecte à Boule de suif choqua les gens bien élevés. On ne répondit pas; Cornudet seul eut un sourire. Les deux bonnes sœurs avaient cessé de marmotter leur rosaire, et, les mains enfoncées dans leurs grandes manches, elles se tenaient immobiles, baissant obstinément les yeux, offrant sans doute au ciel la souffrance qu'il leur envoyait.

Enfin, à trois heures, comme on se trouvait au milieu d'une plaine interminable, sans un seul village en vue, Boule de suif, se baissant vivement, retira de sous la banquette un large panier couvert d'une serviette blanche.

Elle en sortit d'abord une petite assiette de faïence, une fine timbale en argent, puis une vaste terrine dans laquelle deux poulets entiers, tout découpés, avaient confit sous leur gelée, et l'on apercevait encore dans le panier d'autres bonnes choses enveloppées, des pâtés, des fruits, des friandises, les provisions pʋͤͥ͢ préparées pour un voyage de trois jours, afin de ne point toucher à la cuisine des auberges. Quatre goulots de bouteilles passaient entre les paquets de nourriture. Elle prit une aile de poulet et, délicatement, se mit à la manger avec un de ces petits pains qu'on appelle « Régence » en Normandie.

Tous les regards étaient tendus vers elle. Puis l'odeur se répandit, élargissant les narines, faisant venir aux bouches une salive abondante avec une contraction douloureuse de la mâchoire sous les oreilles. Le mépris des dames pour cette fille devenait féroce, comme une envie de la tuer ou de la jeter en bas de la voiture, dans la neige, elle, sa timbale, son panier et ses provisions.

Mais Loiseau dévorait des yeux la terrine de poulet. Il dit : « A la bonne heure, Madame a eu plus de précaution que nous. Il y a des personnes qui savent toujours penser à tout. » Elle leva la tête vers lui : « Si vous en désirez, Monsieur ? C'est dur de jeûner depuis le matin. » Il salua : « Ma foi, franchement, je ne refuse pas, je n'en peux plus. A la guerre comme à la guerre, n'est-ce pas, Madame ? » Et, jetant un regard circulaire, il

ajouta : « Dans des moments comme celui-ci, on est bien aise de trouver des gens qui vous obligent. » Il avait un journal, qu'il étendit pour ne point tacher son pantalon, et sur la pointe d'un couteau toujours logé dans sa poche, il enleva une cuisse toute vernie de gelée, la dépeça des dents, puis la mâcha avec une satisfaction si évidente qu'il y eut dans la voiture un grand soupir de détresse.

Mais Boule de suif, d'une voix humble et douce, proposa aux bonnes sœurs de partager sa collation. Elles acceptèrent toutes les deux instantanément, et, sans lever les yeux, se mirent à manger très vite après avoir balbutié des remerciements. Cornudet ne refusa pas non plus les offres de sa voisine, et l'on forma avec les religieuses une sorte de table en développant des journaux sur les genoux.

Les bouches s'ouvraient et se fermaient sans cesse, avalaient, mastiquaient, engloutissaient férocement. Loiseau, dans son coin, travaillait dur, et, à voix basse, il engageait sa femme à l'imiter. Elle résista longtemps, puis, après une crispation qui lui parcourut les entrailles, elle céda. Alors son mari, arrondissant sa phrase, demanda à leur « charmante compagne » si elle lui permettait d'offrir un petit morceau à Mᵐᵉ Loiseau. Elle dit : « Mais oui, certainement, Monsieur », avec un sourire aimable, et tendit la terrine.

Un embarras se produisit lorsqu'on eut débouché la première bouteille de bordeaux : il n'y avait qu'une timbale. On se la passa après l'avoir essuyée. Cornudet seul, par galanterie sans doute, posa ses lèvres à la place humide encore des lèvres de sa voisine.

Alors, entourés de gens qui mangeaient, suffoqués par les émanations des nourritures, le comte et la comtesse de Bréville ainsi que M. et Mᵐᵉ Carré-Lamadon souffrirent ce supplice odieux qui a gardé le nom de Tantale. Tout d'un coup la jeune femme du manufacturier poussa un soupir qui fit retourner les têtes ; elle était aussi blanche que la neige du dehors ; ses yeux se fermèrent, son front tomba : elle avait perdu connaissance. Son mari, affolé, implorait le secours de tout le monde. Chacun perdait l'esprit, quand la plus âgée des bonnes sœurs, soutenant

la tête de la malade, glissa entre ses lèvres la timbale de Boule de suif et lui fit avaler quelques gouttes de vin. La jolie dame remua, ouvrit les yeux, sourit, et déclara d'une voix mourante qu'elle se sentait fort bien maintenant. Mais, afin que cela ne se renouvelât plus, la religieuse la contraignit à boire un plein verre de bordeaux, et elle ajouta : « C'est la faim, pas autre chose. »

Alors Boule de suif, rougissante et embarrassée, balbutia en regardant les quatre voyageurs restés à jeun : « Mon Dieu, si j'osais offrir à ces messieurs et à ces dames... » Elle se tut, craignant un outrage. Loiseau prit la parole : « Eh, parbleu, dans des cas pareils tout le monde est frère et doit s'aider. Allons, Mesdames, pas de cérémonie : acceptez, que diable ! Savons-nous si nous trouverons seulement une maison où passer la nuit ? Du train dont nous allons, nous ne serons pas à Tôtes avant demain midi. » On hésitait, personne n'osant assumer la responsabilité du « oui ». Mais le comte trancha la question. Il se tourna vers la grosse fille intimidée, et, prenant son grand air de gentilhomme, il lui dit : « Nous acceptons avec reconnaissance, Madame. »

Le premier pas seul coûtait. Une fois le Rubicon passé, on s'en donna carrément. Le panier fut vidé. Il contenait encore un pâté de foie gras, un pâté de mauviettes, un morceau de langue fumée, des poires de Crassane, un pavé de Pont-l'Évêque, des petits-fours et une tasse pleine de cornichons et d'oignons au vinaigre, Boule de suif, comme toutes les femmes, adorant les crudités.

On ne pouvait manger les provisions de cette fille sans lui parler. Donc on causa, avec réserve d'abord, puis, comme elle se tenait fort bien, on s'abandonna davantage. M{mes} de Bréville et Carré-Lamadon, qui avaient un grand savoir-vivre, se firent gracieuses avec délicatesse. La comtesse surtout montra cette condescendance aimable des très nobles dames qu'aucun contact ne peut salir, et fut charmante. Mais la forte M{me} Loiseau, qui avait une âme de gendarme, resta revêche, parlant peu et mangeant beaucoup.

On s'entretint de la guerre, naturellement. On raconta des

faits horribles des Prussiens, des traits de bravoure des Français ; et tous ces gens qui fuyaient rendirent hommage au courage des autres. Les histoires personnelles commencèrent bientôt, et Boule de suif raconta, avec une émotion vraie, avec cette chaleur de parole qu'ont parfois les filles pour exprimer leurs emportements naturels, comment elle avait quitté Rouen : « J'ai cru d'abord que je pourrais rester, disait-elle. J'avais ma maison pleine de provisions, et j'aimais mieux nourrir quelques soldats que m'expatrier je ne sais où. Mais quand je les ai vus, ces Prussiens, ce fut plus fort que moi ! Ils m'ont tourné le sang de colère ; et j'ai pleuré de honte toute la journée. Oh ! si j'étais un homme, allez ! Je les regardais de ma fenêtre, ces gros porcs avec leur casque à pointe, et ma bonne me tenait les mains pour m'empêcher de leur jeter mon mobilier sur le dos. Puis il en est venu pour loger chez moi ; alors j'ai sauté à la gorge du premier. Ils ne sont pas plus difficiles à étrangler que d'autres ! Et je l'aurais terminé, celui-là, si l'on ne m'avait pas tirée par les cheveux. Il a fallu me cacher après ça. Enfin, quand j'ai trouvé une occasion, je suis partie, et me voici. »

On la félicita beaucoup. Elle grandissait dans l'estime de ses compagnons qui ne s'étaient pas montrés si crânes ; et Cornudet, en l'écoutant, gardait un sourire approbateur et bienveillant d'apôtre ; de même un prêtre entend un dévot louer Dieu, car les démocrates à longue barbe ont le monopole du patriotisme comme les hommes en soutane ont celui de la religion. Il parla à son tour d'un ton doctrinaire, avec l'emphase apprise dans les proclamations qu'on collait chaque jour aux murs, et il finit par un morceau d'éloquence où il étrillait magistralement cette « crapule de Badinguet ».

Mais Boule de suif aussitôt se fâcha, car elle était bonapartiste. Elle devenait plus rouge qu'une guigne et, bégayant d'indignation : « J'aurais bien voulu vous voir à sa place, vous autres. Ça aurait été du propre, ah oui ! C'est vous qui l'avez trahi, cet homme ! On n'aurait plus qu'à quitter la France si l'on était gouverné par des polissons comme vous ! » Cornudet, impassible, gardait un sourire dédaigneux et supérieur ; mais on sentait que les gros mots allaient arriver, quand le comte s'interposa et

64

calma, non sans peine, la fille exaspérée, en proclamant avec autorité que toutes les opinions sincères étaient respectables. Cependant la comtesse et la manufacturière, qui avaient dans l'âme la haine irraisonnée des gens comme il faut pour la République, et cette instinctive tendresse que nourrissent toutes les femmes pour les gouvernements à panache et despotiques, se sentaient, malgré elles, attirées vers cette prostituée pleine de dignité, dont les sentiments ressemblaient si fort aux leurs.

Le panier était vide. A dix on l'avait tari sans peine, en regrettant qu'il ne fût pas plus grand. La conversation continua quelque temps, un peu refroidie néanmoins depuis qu'on avait fini de manger.

La nuit tombait, l'obscurité peu à peu devint profonde, et le froid, plus sensible pendant les digestions, faisait frissonner Boule de suif, malgré sa graisse. Alors Mme de Bréville lui proposa sa chaufferette dont le charbon depuis le matin avait été plusieurs fois renouvelé, et l'autre accepta tout de suite, car elle se sentait les pieds gelés. Mmes Carré-Lamadon et Loiseau donnèrent les leurs aux religieuses.

Le cocher avait allumé ses lanternes. Elles éclairaient d'une lueur vive un nuage de buée au-dessus de la croupe en sueur des timoniers, et, des deux côtés de la route, la neige qui semblait se dérouler sous le reflet mobile des lumières.

On ne distinguait plus rien dans la voiture; mais tout à coup un mouvement se fit entre Boule de suif et Cornudet; et Loiseau, dont l'œil fouillait l'ombre, crut voir l'homme à la grande barbe s'écarter vivement comme s'il eût reçu quelque bon coup lancé sans bruit.

Des petits points de feu parurent en avant sur la route. C'était Tôtes. On avait marché onze heures, ce qui, avec les deux heures de repos laissés en quatre fois aux chevaux pour manger l'avoine et souffler, faisait quatorze. On entra dans le bourg, et devant l'Hôtel du Commerce on s'arrêta.

La portière s'ouvrit. Un bruit bien connu fit tressaillir tous les voyageurs : c'étaient les heurts d'un fourreau de sabre sur le sol. Aussitôt la voix d'un Allemand cria quelque chose.

Bien que la diligence fût immobile, personne ne descendait,

comme si l'on se fût attendu à être massacré à la sortie. Alors le conducteur apparut, tenant à la main une de ses lanternes, qui éclaira subitement jusqu'au fond de la voiture les deux rangs de têtes effarées, dont les bouches étaient ouvertes et les yeux écarquillés de surprise et d'épouvante.

A côté du cocher se tenait, en pleine lumière, un officier allemand, un grand jeune homme excessivement mince et blond, serré dans son uniforme comme une fille en son corset, et portant sur le côté sa casquette plate et cirée qui le faisait ressembler au chasseur d'un hôtel anglais. Sa moustache démesurée, à longs poils droits, s'amincissant indéfiniment de chaque côté et terminée par un seul fil blond si mince qu'on n'en apercevait pas la fin, semblait peser sur les coins de sa bouche, et, tirant la joue, imprimait aux lèvres un pli tombant.

Il invita en français d'Alsacien les voyageurs à sortir, disant d'un ton raide : « Foulez-vous tescentre, Messieurs et Tames ? »

Les deux bonnes sœurs obéirent les premières avec une docilité de saintes filles habituées à toutes les soumissions. Le comte et la comtesse parurent ensuite, suivis du manufacturier et de sa femme, puis de Loiseau, poussant devant lui sa grande moitié. Celui-ci, en mettant pied à terre, dit à l'officier : « Bonjour, Monsieur », par un sentiment de prudence bien plus que de politesse. L'autre, insolent comme les gens tout-puissants, le regarda sans répondre.

Boule de suif et Cornudet, bien que près de la portière, descendirent les derniers, graves et hautains devant l'ennemi. La grosse fille tâchait de se dominer et d'être calme : le démoc tourmentait d'une main tragique et un peu tremblante sa longue barbe roussâtre. Ils voulaient garder de la dignité, comprenant qu'en ces rencontres-là chacun représente un peu son pays; et, pareillement révoltés par la souplesse de leurs compagnons, elle tâchait de se montrer plus fière que ses voisines, les femmes honnêtes, tandis que lui, sentant bien qu'il devait l'exemple, continuait en toute son attitude sa mission de résistance commencée au défoncement des routes.

On entra dans la vaste cuisine de l'auberge, et l'Allemand, s'étant fait présenter l'autorisation de départ signée par le

général en chef et où étaient mentionnés les noms, le signalement et la profession de chaque voyageur, examina longuement tout ce monde, comparant les personnes aux renseignements écrits.

Puis il dit brusquement : « C'est pien », et il disparut.

Alors on respira. On avait faim encore; le souper fut commandé. Une demi-heure était nécessaire pour l'apprêter; et, pendant que deux servantes avaient l'air de s'en occuper, on alla visiter les chambres. Elles se trouvaient toutes dans un long couloir que terminait une porte vitrée marquée d'un numéro parlant.

Enfin on allait se mettre à table, quand le patron de l'auberge parut lui-même. C'était un ancien marchand de chevaux, un gros homme asthmatique, qui avait toujours des sifflements, des enrouements, des chants de glaires dans le larynx. Son père lui avait transmis le nom de Follenvie.

Il demanda :

« Mademoiselle Élisabeth Rousset ? »

Boule de suif tressaillit, se retourna :

« C'est moi.

— Mademoiselle, l'officier prussien veut vous parler immédiatement.

— A moi ?

— Oui, si vous êtes bien mademoiselle Élisabeth Rousset. »

Elle se troubla, réfléchit une seconde, puis déclara carrément :

« C'est possible, mais je n'irai pas. »

Un mouvement se fit autour d'elle; chacun discutait, cherchait la cause de cet ordre. Le comte s'approcha :

« Vous avez tort, Madame, car votre refus peut amener des difficultés considérables, non seulement pour vous, mais même pour tous vos compagnons. Il ne faut jamais résister aux gens qui sont les plus forts. Cette démarche assurément ne peut présenter aucun danger : c'est sans doute pour quelque formalité oubliée. »

Tout le monde se joignit à lui, on la pria, on la pressa, on la sermonna, et l'on finit par la convaincre; car tous redoutaient les complications qui pourraient résulter d'un coup de tête. Elle dit enfin :

« C'est pour vous que je le fais, bien sûr ! »

La comtesse lui prit la main :

« Et nous vous en remercions. »

Elle sortit. On l'attendit pour se mettre à table. Chacun se désolait de n'avoir pas été demandé à la place de cette fille violente et irascible, et préparait mentalement des platitudes pour le cas où on l'appellerait à son tour.

Mais au bout de dix minutes elle reparut, soufflant, rouge à suffoquer, exaspérée. Elle balbutiait : « Oh la canaille ! la canaille ! »

Tous s'empressaient pour savoir, mais elle ne dit rien; et, comme le comte insistait, elle répondit avec une grande dignité : « Non, cela ne vous regarde pas : je ne peux pas parler. »

Alors on s'assit autour d'une soupière d'où sortait un parfum de choux. Malgré cette alerte, le souper fut gai. Le cidre était bon, le ménage Loiseau et les bonnes sœurs en prirent, par économie. Les autres demandèrent du vin; Cornudet réclama de la bière. Il avait une façon particulière de déboucher la bouteille, de faire mousser le liquide, de le considérer en penchant le verre, qu'il élevait ensuite entre la lampe et son œil pour bien apprécier la couleur. Quand il buvait, sa grande barbe, qui avait gardé la nuance de son breuvage aimé, semblait tressaillir de tendresse; ses yeux louchaient pour ne point perdre de vue sa chope, et il avait l'air de remplir l'unique fonction pour laquelle il était né. On eût dit qu'il établissait en son esprit un rapprochement et comme une affinité entre les deux grandes passions qui occupaient toute sa vie : le Pale-Ale et la Révolution; et assurément il ne pouvait déguster l'un sans songer à l'autre.

M. et M^me Follenvie dînaient tout au bout de la table. L'homme, râlant comme une locomotive crevée, avait trop de tirage dans la poitrine pour pouvoir parler en mangeant; mais la femme ne se taisait jamais. Elle raconta toutes ses impressions à l'arrivée des Prussiens, ce qu'ils faisaient, ce qu'ils disaient, les exécrant d'abord parce qu'ils lui coûtaient de l'argent, et, ensuite, parce qu'elle avait deux fils à l'armée. Elle s'adressait surtout à la comtesse, flattée de causer avec une dame de qualité.

Puis elle baissait la voix pour dire les choses délicates, et son

mari de temps en temps l'interrompait : « Tu ferais mieux de te taire, madame Follenvie. » Mais elle n'en tenait aucun compte, et continuait :

« Oui, Madame, ces gens-là, ça ne fait que manger des pommes de terre et du cochon, et puis du cochon et des pommes de terre. Et il ne faut pas croire qu'ils sont propres. Oh non ! Ils ordurent partout, sauf le respect que je vous dois. Et si vous les voyiez faire l'exercice pendant des heures et des jours; ils sont là tous dans un champ : Et marche en avant, et marche en arrière, et tourne par-ci, et tourne par-là. S'ils cultivaient la terre au moins, ou s'ils travaillaient aux routes dans leur pays ! Mais non, Madame, ces militaires, ça n'est profitable à personne ! Faut-il que le pauvre peuple les nourrisse pour n'apprendre rien qu'à massacrer ! Je ne suis qu'une vieille femme sans éducation, c'est vrai, mais en les voyant qui s'esquintent le tempérament à piétiner du matin au soir, je me dis : Quand il y a des gens qui font tant de découvertes pour être utiles, faut-il que d'autres se donnent tant de mal pour être nuisibles ! Vraiment, n'est-ce pas une abomination de tuer des gens, qu'ils soient Prussiens, ou bien Anglais, ou bien Polonais, ou bien Français ? Si l'on se revenge sur quelqu'un qui vous a fait tort, c'est mal, puisqu'on vous condamne; mais quand on extermine nos garçons comme du gibier, avec des fusils, c'est donc bien, puisqu'on donne des décorations à celui qui en détruit le plus ? Non, voyez-vous, je ne comprendrai jamais cela ! »

Cornudet éleva la voix :

« La guerre est une barbarie quand on attaque un voisin paisible : c'est un devoir sacré quand on défend la patrie. »

La vieille femme baissa la tête :

« Oui, quand on se défend, c'est autre chose; mais si l'on ne devrait pas plutôt tuer tous les rois qui font ça pour leur plaisir ? »

L'œil de Cornudet s'enflamma :

« Bravo, citoyenne », dit-il.

M. Carré-Lamadon réfléchissait profondément. Bien qu'il fût fanatique des illustres capitaines, le bon sens de cette paysanne le faisait songer à l'opulence qu'apporteraient dans un pays tant

de bras inoccupés et par conséquent ruineux, tant de forces qu'on entretient improductives, si on les employait aux grands travaux industriels qu'il faudra des siècles pour achever.

Mais Loiseau, quittant sa place, alla causer tout bas avec l'aubergiste. Le gros homme riait, toussait, crachait; son énorme ventre sautillait de joie aux plaisanteries de son voisin, et il lui acheta six feuillettes de bordeaux pour le printemps, quand les Prussiens seraient partis.

Le souper à peine achevé, comme on était brisé de fatigue, on se coucha.

Cependant Loiseau, qui avait observé les choses, fit mettre au lit son épouse, puis colla tantôt son oreille et tantôt son œil au trou de la serrure, pour tâcher de découvrir ce qu'il appelait : « les mystères du corridor ».

Au bout d'une heure environ, il entendit un frôlement, regarda bien vite, et aperçut Boule de suif qui paraissait plus replète encore sous un peignoir de cachemire bleu bordé de dentelles blanches. Elle tenait un bougeoir à la main et se dirigeait vers le gros numéro tout au fond du couloir. Mais une porte, à côté, s'entr'ouvrit, et, quand elle revint au bout de quelques minutes, Cornudet, en bretelles, la suivait. Ils parlaient bas, puis ils s'arrêtèrent. Boule de suif semblait défendre l'entrée de sa chambre avec énergie. Loiseau, malheureusement, n'entendait pas les paroles; mais à la fin, comme ils élevaient la voix, il put en saisir quelques-unes. Cornudet insistait avec vivacité. Il disait :

« Voyons, vous êtes bête, qu'est-ce que ça vous fait ? »

Elle avait l'air indigné et répondit :

« Non, mon cher, il y a des moments où ces choses-là ne se font pas; et puis, ici, ce serait une honte. »

Il ne comprenait point, sans doute, et demanda pourquoi. Alors elle s'emporta, élevant encore le ton :

« Pourquoi ? Vous ne comprenez pas pourquoi ? Quand il y a des Prussiens dans la maison, dans la chambre à côté peut-être ? »

Il se tut. Cette pudeur patriotique de catin qui ne se laissait point caresser près de l'ennemi dut réveiller en son cœur sa

70

dignité défaillante, car, après l'avoir seulement embrassée, il regagna sa porte à pas de loup.

Loiseau, très allumé, quitta la serrure, battit un entrechat dans sa chambre, mit son madras, souleva le drap sous lequel gisait la dure carcasse de sa compagne qu'il réveilla d'un baiser en murmurant : « M'aimes-tu, chérie ? »

Alors toute la maison devint silencieuse. Mais bientôt s'éleva quelque part, dans une direction indéterminée qui pouvait être la cave aussi bien que le grenier, un ronflement puissant, monotone, régulier, un bruit sourd et prolongé, avec des tremblements de chaudière sous pression. M. Follenvie dormait.

Comme on avait décidé qu'on partirait à huit heures le lendemain, tout le monde se trouva dans la cuisine; mais la voiture, dont la bâche avait un toit de neige, se dressait solitaire au milieu de la cour, sans chevaux et sans conducteur. On chercha en vain celui-ci dans les écuries, dans les fourrages, dans les remises. Alors tous les hommes se résolurent à battre le pays et ils sortirent. Ils se trouvèrent sur la place, avec l'église au fond et, des deux côtés, des maisons basses où l'on apercevait des soldats prussiens. Le premier qu'ils virent épluchait des pommes de terre. Le second, plus loin, lavait la boutique du coiffeur. Un autre, barbu jusqu'aux yeux, embrassait un mioche qui pleurait et le berçait sur ses genoux pour tâcher de l'apaiser; et les grosses paysannes, dont les hommes étaient à « l'armée de la guerre », indiquaient par signes à leurs vainqueurs obéissants le travail qu'il fallait entreprendre : fendre du bois, tremper la soupe, moudre le café; un d'eux même lavait le linge de son hôtesse, une aïeule tout impotente.

Le comte, étonné, interrogea le bedeau qui sortait du presbytère. Le vieux rat d'église lui répondit : « Oh ! ceux-là ne sont pas méchants : c'est pas des Prussiens, à ce qu'on dit. Ils sont de plus loin, je ne sais pas bien d'où, et ils ont tous laissé une femme et des enfants au pays; ça ne les amuse pas, la guerre, allez ! Je suis sûr qu'on pleure bien aussi là-bas après les hommes; et ça fournira une fameuse misère chez eux comme chez nous. Ici, encore, on n'est pas trop malheureux pour le moment, parce qu'ils ne font pas de mal et qu'ils travaillent comme s'ils

étaient dans leurs maisons. Voyez-vous, Monsieur, entre pauvres gens, faut bien qu'on s'aide... C'est les grands qui font la guerre. »

Cornudet, indigné de l'entente cordiale établie entre les vainqueurs et les vaincus, se retira, préférant s'enfermer dans l'auberge. Loiseau eut un mot pour rire : « Ils repeuplent. » M. Carré-Lamadon eut un mot grave : « Ils réparent. » Mais on ne trouvait pas le cocher. A la fin on le découvrit dans le café du village, attablé fraternellement avec l'ordonnance de l'officier. Le comte l'interpella :

« Ne vous avait-on pas donné l'ordre d'atteler pour huit heures ?

— Ah bien oui, mais on m'en a donné un autre depuis.

— Lequel ?

— De ne pas atteler du tout.

— Qui vous a donné cet ordre. ?

— Ma foi ! le commandant prussien.

— Pourquoi ?

— Je n'en sais rien. Allez lui demander. On me défend d'atteler, moi je n'attelle pas. Voilà.

— C'est lui-même qui vous a dit cela ?

— Non, Monsieur : c'est l'aubergiste qui m'a donné l'ordre de sa part.

— Quand ça ?

— Hier soir, comme j'allais me coucher. »

Les trois hommes rentrèrent fort inquiets.

On demanda M. Follenvie, mais la servante répondit que Monsieur, à cause de son asthme, ne se levait jamais avant dix heures. Il avait même formellement défendu de le réveiller plus tôt, excepté en cas d'incendie.

On voulut voir l'officier, mais cela était impossible absolument, bien qu'il logeât dans l'auberge. M. Follenvie seul était autorisé à lui parler pour les affaires civiles. Alors on attendit. Les femmes remontèrent dans leurs chambres, et des futilités les occupèrent.

Cornudet s'installa sous la haute cheminée de la cuisine, où flambait un grand feu. Il se fit apporter là une des petites tables du café, une canette, et il tira sa pipe qui jouissait parmi les

démocrates d'une considération presque égale à la sienne, comme si elle avait servi la patrie en servant à Cornudet. C'était une superbe pipe en écume admirablement culottée, aussi noire que les dents de son maître, mais parfumée, recourbée, luisante, familière à sa main, et complétant sa physionomie. Et il demeura immobile, les yeux tantôt fixés sur la flamme du foyer, tantôt sur la mousse qui couronnait sa chope; et chaque fois qu'il avait bu, il passait d'un air satisfait ses longs doigts maigres dans ses longs cheveux gras, pendant qu'il humait sa moustache frangée d'écume.

Loiseau, sous prétexte de se dégourdir les jambes, alla placer du vin aux débitants du pays. Le comte et le manufacturier se mirent à causer politique. Ils prévoyaient l'avenir de la France. L'un croyait aux d'Orléans, l'autre à un sauveur inconnu, un héros qui se révélerait quand tout serait désespéré : un Du Guesclin, une Jeanne d'Arc peut-être? ou un autre Napoléon Ier? Ah ! si le prince impérial n'était pas si jeune ! Cornudet, les écoutant, souriait en homme qui sait le mot des destinées. Sa pipe embaumait la cuisine.

Comme dix heures sonnaient, M. Follenvie parut. On l'interrogea bien vite; mais il ne put que répéter deux ou trois fois, sans une variante, ces paroles : « L'officier m'a dit comme ça : « Monsieur Follenvie, vous défendrez qu'on attelle demain la voiture de ces voyageurs. Je ne veux pas qu'ils partent sans mon ordre. Vous entendez. Ça suffit. »

Alors on voulut voir l'officier. Le comte lui envoya sa carte, où M. Carré-Lamadon ajouta son nom et tous ses titres. Le Prussien fit répondre qu'il admettrait ces deux hommes à lui parler quand il aurait déjeuné, c'est-à-dire vers une heure.

Les dames reparurent et l'on mangea quelque peu, malgré l'inquiétude. Boule de suif semblait malade et prodigieusement troublée.

On achevait le café quand l'ordonnance vint chercher ces messieurs.

Loiseau se joignit aux deux premiers; comme on essayait d'entraîner Cornudet pour donner plus de solennité à leur démarche, il déclara fièrement qu'il entendait n'avoir jamais

73

aucun rapport avec les Allemands; et il se remit dans sa cheminée, demandant une autre canette.

Les trois hommes montèrent et furent introduits dans la plus belle chambre de l'auberge, où l'officier les reçut, étendu dans un fauteuil, les pieds sur la cheminée, fumant une longue pipe de porcelaine, et enveloppé par une robe de chambre flamboyante, dérobée sans doute dans la demeure abandonnée de quelque bourgeois de mauvais goût. Il ne se leva pas, ne les salua pas, ne les regarda pas. Il présentait un magnifique échantillon de la goujaterie naturelle au militaire victorieux.

Au bout de quelques instants il dit enfin :

« Qu'est-ce que fous foulez ? »

Le comte prit la parole : « Nous désirons partir, Monsieur.

— Non.

— Oserai-je vous demander la cause de ce refus ?

— Parce que che ne feux pas.

— Je vous ferai respectueusement observer, Monsieur, que votre général en chef nous a délivré une permission de départ pour gagner Dieppe, et je ne pense pas que nous ayons rien fait pour mériter vos rigueurs.

— Che ne feux pas... foilà tout... Fous poufez tescentre. »

S'étant inclinés tous les trois, ils se retirèrent.

L'après-midi fut lamentable. On ne comprenait rien à ce caprice d'Allemand, et les idées les plus singulières troublaient les têtes. Tout le monde se tenait dans la cuisine, et l'on discutait sans fin, imaginant des choses invraisemblables. On voulait peut-être les garder comme otages — mais dans quel but ? ou les emmener prisonniers ? ou, plutôt, leur demander une rançon considérable ? A cette pensée une panique les affola. Les plus riches étaient les plus épouvantés, se voyant déjà contraints, pour racheter leur vie, de verser des sacs pleins d'or entre les mains de ce soldat insolent. Ils se creusaient la cervelle pour découvrir des mensonges acceptables, dissimuler leurs richesses, se faire passer pour pauvres, très pauvres. Loiseau enleva sa chaîne de montre et la cacha dans sa poche. La nuit, qui tombait augmenta les appréhensions. La lampe fut allumée, et, comme on avait encore deux heures avant le dîner, Mme Loiseau propos

une partie de trente-et-un. Ce serait une distraction. On accepta. Cornudet lui-même, ayant éteint sa pipe par politesse, y prit part.

Le comte battit les cartes — donna, — Boule de suif avait trente-et-un d'emblée; et bientôt l'intérêt de la partie apaisa la crainte qui hantait les esprits. Mais Cornudet s'aperçut que le ménage Loiseau s'entendait pour tricher.

Comme on allait se mettre à table, M. Follenvie reparut, et de sa voix graillonnante il prononça : « L'officier prussien fait demander à Mlle Élisabeth Rousset si elle n'a pas encore changé d'avis. »

Boule de suif resta debout, toute pâle; puis, devenant subitement cramoisie, elle eut un tel étouffement de colère qu'elle ne pouvait plus parler. Enfin elle éclata : « Vous lui direz à cette crapule, à ce saligaud, à cette charogne de Prussien, que jamais je ne voudrai; vous entendez bien, jamais, jamais, jamais ! »

Le gros aubergiste sortit. Alors Boule de suif fut entourée, interrogée, sollicitée par tout le monde de dévoiler le mystère de sa visite. Elle résista d'abord; mais l'exaspération l'emporta bientôt : « Ce qu'il veut ?... ce qu'il veut ?... Il veut coucher avec moi ! » cria-t-elle. Personne ne se choqua du mot, tant l'indignation fut vive. Cornudet brisa sa chope en la reposant violemment sur la table. C'était une clameur de réprobation contre ce soudard ignoble, un souffle de colère, une union de tous pour la résistance, comme si l'on eût demandé à chacun une partie du sacrifice exigé d'elle. Le comte déclara avec dégoût que ces gens-là se conduisaient à la façon des anciens barbares. Les femmes surtout témoignèrent à Boule de suif une commisé-ration énergique et caressante. Les bonnes sœurs, qui ne se montraient qu'aux repas, avaient baissé la tête et ne disaient rien.

On dîna néanmoins lorsque la première fureur fut apaisée; mais on parla peu : on songeait.

Les dames se retirèrent de bonne heure, et les hommes, tout en fumant, organisèrent un écarté auquel fut convié M. Follenvie, qu'on avait l'intention d'interroger habilement sur les moyens à employer pour vaincre la résistance de l'officier. Mais il ne songeait qu'à ses cartes, sans rien écouter, sans rien

répondre ; et il répétait sans cesse : « Au jeu, Messieurs, au jeu. » Son attention était si tendue qu'il en oubliait de cracher, ce qui lui mettait parfois des points d'orgue dans la poitrine. Ses poumons sifflants donnaient toute la gamme de l'asthme, depuis les notes graves et profondes jusqu'aux enrouements aigus des jeunes coqs essayant de chanter.

Il refusa même de monter quand sa femme, qui tombait de sommeil, vint le chercher. Alors elle partit toute seule, car elle était « du matin », toujours levée avec le soleil, tandis que son homme était « du soir », toujours prêt à passer la nuit avec des amis. Il lui cria : « Tu placeras mon lait de poule devant le feu », et se remit à sa partie. Quand on vit bien qu'on n'en pourrait rien tirer, on déclara qu'il était temps de s'en aller, et chacun gagna son lit.

On se leva encore d'assez bonne heure le lendemain avec un espoir indéterminé, un désir plus grand de s'en aller, une terreur du jour à passer dans cette horrible petite auberge.

Hélas ! les chevaux restaient à l'écurie, le cocher demeurait invisible. On alla, par désœuvrement, tourner autour de la voiture.

Le déjeuner fut bien triste, et il s'était produit comme un refroidissement vis-à-vis de Boule de suif, car la nuit, qui porte conseil, avait un peu modifié les jugements. On en voulait presque à cette fille, maintenant, de n'avoir pas été trouver secrètement le Prussien, afin de ménager, au réveil, une bonne surprise à ses compagnons. Quoi de plus simple ? Qui l'eût su d'ailleurs ? Elle aurait pu sauver les apparences en faisant dire à l'officier qu'elle prenait en pitié leur détresse. Pour elle ça avait si peu d'importance !

Mais personne n'avouait encore ces pensées.

Dans l'après-midi, comme on s'ennuyait à périr, le comte proposa de faire une promenade aux alentours du village. Chacun s'enveloppa avec soin et la petite société partit, à l'exception de Cornudet, qui préférait rester près du feu, et des bonnes sœurs, qui passaient leurs journées dans l'église ou chez le curé.

Le froid, plus intense de jour en jour, piquait cruellement

le nez et les oreilles; les pieds devenaient si douloureux que chaque pas était une souffrance, et, lorsque la campagne se découvrit, elle leur apparut si effroyablement lugubre sous cette blancheur illimitée que tout le monde aussitôt retourna, l'âme glacée et le cœur serré.

Les quatre femmes marchaient devant, les trois hommes suivaient, un peu derrière.

Loiseau, qui comprenait la situation, demanda tout à coup si cette « garce-là » allait les faire rester longtemps encore dans un pareil endroit. Le comte, toujours courtois, dit qu'on ne pouvait exiger d'une femme un sacrifice aussi pénible, et qu'il devait venir d'elle-même. M. Carré-Lamadon remarqua que, si les Français faisaient, comme il en était question, un retour offensif par Dieppe, la rencontre ne pourrait avoir lieu qu'à Tôtes. Cette réflexion rendit les deux autres soucieux. « Si l'on se sauvait à pied », dit Loiseau. Le comte haussa les épaules : « Y songez-vous, dans cette neige ? avec nos femmes ? Et puis nous serions tout de suite poursuivis, rattrapés en dix minutes, et ramenés prisonniers à la merci des soldats. » C'était vrai : on se tut.

Les dames parlaient toilette; mais une certaine contrainte semblait les désunir.

Tout à coup, au bout de la rue, l'officier parut. Sur la neige qui fermait l'horizon il profilait sa grande taille de guêpe en uniforme, et marchait, les genoux écartés, de ce mouvement particulier aux militaires qui s'efforcent de ne point maculer leurs bottes soigneusement cirées.

Il s'inclina en passant près des dames, et regarda dédaigneusement les hommes, qui eurent, du reste, la dignité de ne se point découvrir, bien que Loiseau ébauchât un geste pour retirer sa coiffure.

Boule de suif était devenue rouge jusqu'aux oreilles; et les trois femmes mariées ressentaient une grande humiliation d'être ainsi rencontrées par ce soldat, dans la compagnie de cette fille qu'il avait si cavalièrement traitée.

Alors on parla de lui, de sa tournure, de son visage. Mme Carré-Lamadon, qui avait connu beaucoup d'officiers et qui les jugeait en connaisseur, trouvait celui-là pas mal du tout; elle regrettait

même qu'il ne fût pas Français, parce qu'il ferait un fort joli hussard, dont toutes les femmes assurément raffoleraient.

Une fois rentrés, on ne sut plus que faire. Des paroles aigres furent même échangées à propos de choses insignifiantes. Le dîner silencieux dura peu, et chacun monta se coucher, espérant dormir pour tuer le temps.

On descendit le lendemain avec des visages fatigués et des cœurs exaspérés. Les femmes parlaient à peine à Boule de suif.

Une cloche tinta. C'était pour un baptême. La grosse fille avait un enfant élevé chez des paysans d'Yvetot. Elle ne le voyait pas une fois l'an, et n'y songeait jamais ; mais la pensée de celui qu'on allait baptiser lui jeta au cœur une tendresse subite et violente pour le sien, et elle voulut absolument assister à la cérémonie.

Aussitôt qu'elle fut partie, tout le monde se regarda, puis on rapprocha les chaises, car on sentait bien qu'à la fin il fallait décider quelque chose. Loiseau eut une inspiration : il était d'avis de proposer à l'officier de garder Boule de suif toute seule, et de laisser partir les autres.

M. Follenvie se chargea encore de la commission, mais il redescendit presque aussitôt. L'Allemand, qui connaissait la nature humaine, l'avait mis à la porte. Il prétendait retenir tout le monde tant que son désir ne serait pas satisfait.

Alors le tempérament populacier de Mme Loiseau éclata : « Nous n'allons pourtant pas mourir de vieillesse ici. Puisque c'est son métier, à cette gueuse, de faire ça avec tous les hommes, je trouve qu'elle n'a pas le droit de refuser l'un plutôt que l'autre. Je vous demande un peu, ça a pris tout ce qu'elle a trouvé dans Rouen, même des cochers ! oui, Madame, le cocher de la préfecture ! Je le sais bien, moi, il achète son vin à la maison. Et aujourd'hui qu'il s'agit de nous tirer d'embarras, elle fait la mijaurée, cette morveuse !... Moi, je trouve qu'il se conduit très bien, cet officier. Il est peut-être privé depuis longtemps ; et nous étions là trois qu'il aurait sans doute préférées. Mais non, il se contente de celle à tout le monde. Il respecte les femmes mariées. Songez donc, il est le maître. Il n'avait qu'à dire : « Je veux », et il pouvait nous prendre de force avec ses soldats. »

*Voices the opinions of the group

BOULE DE SUIF

Les deux femmes eurent un petit frisson. Les yeux de la jolie *thrill* Mᵐᵉ Carré-Lamadon brillaient, et elle était un peu pâle, comme si elle se sentait déjà prise de force par l'officier.

Les hommes, qui discutaient à l'écart, se rapprochèrent. Loiseau, furibond, voulait livrer « cette misérable » pieds et poings liés à l'ennemi. Mais le comte, issu de trois générations d'ambassadeurs, et doué d'un physique de diplomate, était partisan de l'habileté : « Il faudrait la décider », dit-il.

Alors on conspira.

Les femmes se serrèrent, le ton de la voix fut baissé, et la discussion devint générale, chacun donnant son avis. C'était fort convenable du reste. Ces dames surtout trouvaient des délicatesses de tournures, des subtilités d'expression charmantes, pour dire les choses les plus scabreuses. Un étranger n'aurait rien compris, tant les précautions du langage étaient observées. Mais la légère tranche de pudeur dont est bardée toute femme du monde ne recouvrant que la surface, elles s'épanouissaient dans *to open out* cette aventure polissonne, s'amusaient follement au fond, se sentant dans leur élément, tripotant de l'amour avec la sensualité d'un cuisinier gourmand qui prépare le souper d'un autre.

La gaieté revenait d'elle-même, tant l'histoire leur semblait ✳ drôle à la fin. Le comte trouva des plaisanteries un peu risquées, mais si bien dites qu'elles faisaient sourire. A son tour, Loiseau lâcha quelques grivoiseries plus raides, dont on ne se blessa point; et la pensée brutalement exprimée par sa femme dominait tous les esprits : « Puisque c'est son métier à cette fille, pourquoi ✳ refuserait-elle celui-là plus qu'un autre ? » La gentille Mᵐᵉ Carré-Lamadon semblait même penser qu'à sa place elle refuserait celui-là moins qu'un autre.

On prépara longuement le blocus, comme pour une forteresse investie. Chacun convint du rôle qu'il jouerait, des arguments dont il s'appuierait, des manœuvres qu'il devrait exécuter. On régla le plan des attaques, les ruses à employer, et les surprises de l'assaut, pour forcer cette citadelle vivante à recevoir l'ennemi dans la place.

Cornudet cependant restait à l'écart, complètement étranger ✳ à cette affaire.

BOULE DE SUIF

Une attention si profonde tendait les esprits, qu'on n'entendit point rentrer Boule de suif. Mais le comte souffla un léger : « Chut » qui fit relever tous les yeux. Elle était là. On se tut brusquement et un certain embarras empêcha d'abord de lui parler. La comtesse, <u>plus assouplie</u> que les autres aux duplicités des salons, l'interrogea : « Était-ce amusant, ce baptême ? »

more versatile

La grosse fille, encore émue, raconta tout, et les figures, et les attitudes, et l'aspect même de l'église. Elle ajouta : « C'est si bon de prier quelquefois. »

Cependant, jusqu'au déjeuner, ces dames se contentèrent d'être aimables avec elle, pour <u>augmenter</u> sa confiance et sa docilité à leurs conseils.

to increase

Aussitôt à table, on commença les approches. Ce fut d'abord une conversation vague sur le dévouement. On cita des exemples anciens : Judith et Holopherne, puis, sans aucune raison, Lucrèce avec Sextus, Cléopâtre faisant passer par sa couche tous les généraux ennemis, et les y réduisant à des servilités d'esclave. Alors se déroula une histoire fantaisiste, éclose dans l'imagination de ces millionnaires ignorants, où les citoyennes de Rome allaient endormir, à Capoue, Annibal entre leurs bras, et, avec lui, ses lieutenants, et les phalanges des mercenaires. On cita toutes les femmes qui ont arrêté des conquérants, fait de leur corps un champ de bataille, un moyen de dominer, une arme, qui ont vaincu par leurs caresses héroïques des êtres hideux ou détestés, et sacrifié leur chasteté à la vengeance et au dévouement.

self-sacrifice

On parla même en termes voilés de cette Anglaise de grande famille qui s'était laissé inoculer une horrible et contagieuse maladie pour la transmettre à Bonaparte, sauvé miraculeusement par une faiblesse subite, à l'heure du rendez-vous fatal.

Et tout cela était raconté d'une façon convenable et modérée, où parfois éclatait un enthousiasme voulu propre à exciter l'émulation.

On aurait pu croire, à la fin, que <u>le seul rôle de la femme, ici-bas</u>, était un <u>perpétuel sacrifice</u>*de sa personne, un <u>abandon continu aux caprices des soldatesques.</u>

Les deux bonnes sœurs ne semblaient point entendre, perdues en des pensées profondes. Boule de suif ne disait rien.

Pendant toute l'après-midi, on la laissa réfléchir. Mais, au lieu de l'appeler « madame », comme on avait fait jusque-là, on lui disait simplement « mademoiselle », sans que personne sût bien pourquoi, comme si l'on avait voulu la faire descendre d'un degré dans l'estime qu'elle avait escaladée, lui faire sentir sa situation honteuse.

Au moment où l'on servit le potage, M. Follenvie reparut, répétant sa phrase de la veille : « L'officier prussien fait demander à Mlle Élisabeth Rousset si elle n'a point encore changé d'avis. »

Boule de suif répondit sèchement : « Non, Monsieur. »

Mais au dîner la coalition faiblit. Loiseau eut trois phrases malheureuses. Chacun se battait les flancs pour découvrir des exemples nouveaux et ne trouvait rien, quand la comtesse, sans préméditation peut-être, éprouvant un vague besoin de rendre hommage à la Religion, interrogea la plus âgée des bonnes sœurs sur les grands faits de la vie des saints. Or beaucoup avaient commis des actes qui seraient des crimes à nos yeux; mais l'Église absout sans peine ces forfaits quand ils sont accomplis pour la gloire de Dieu ou pour le bien du prochain. C'était un argument puissant; la comtesse en profita. Alors, soit par une de ces ententes tacites, de ces complaisances voilées, où excelle quiconque porte un habit ecclésiastique, soit simplement par l'effet d'une inintelligence heureuse, d'une secourable bêtise, la vieille religieuse apporta à la conspiration un formidable appui. On la croyait timide, elle se montra hardie, verbeuse, violente. Celle-là n'était pas troublée par les tâtonnements de la casuistique; sa doctrine semblait une barre de fer; sa foi n'hésitait jamais; sa conscience n'avait point de scrupules. Elle trouvait tout simple le sacrifice d'Abraham, car elle aurait immédiatement tué père et mère sur un ordre venu d'en haut; et rien, à son avis, ne pouvait déplaire au Seigneur quand l'intention était louable. La comtesse, mettant à profit l'autorité sacrée de sa complice inattendue, lui fit faire comme une paraphrase édifiante de cet axiome de morale : « La fin justifie les moyens. »

Elle l'interrogeait :

« Alors, ma sœur, vous pensez que Dieu accepte toutes les voies, et pardonne le fait quand le motif est pur ?

81

— Qui pourrait en douter, Madame ? Une action blâmable en soi devient souvent méritoire par la pensée qui l'inspire. »

Et elles continuaient ainsi, démêlant les volontés de Dieu, prévoyant ses décisions, le faisant s'intéresser à des choses qui vraiment ne le regardaient guère.

Tout cela était enveloppé, habile, discret. Mais chaque parole de la sainte fille en cornette faisait brèche dans la résistance indignée de la courtisane. Puis, la conversation se détournant un peu, la femme aux chapelets pendants parla des maisons de son ordre, de sa supérieure, d'elle-même, et de sa mignonne voisine, la chère sœur Saint-Nicéphore. On les avait demandées au Havre pour soigner dans les hôpitaux des centaines de soldats atteints de la petite vérole. Elles les dépeignit, ces misérables, détailla leur maladie. Et tandis qu'elles étaient arrêtées en route par les caprices de ce Prussien, un grand nombre de Français pouvaient mourir qu'elles auraient sauvés peut-être ! C'était sa spécialité, à elle, de soigner les militaires ; elle avait été en Crimée, en Italie, en Autriche, et, racontant ses campagnes, elle se révéla tout à coup une de ces religieuses à tambours et à trompettes qui semblent faites pour suivre les camps, ramasser des blessés dans les remous des batailles, et, mieux qu'un chef, dompter d'un mot les grands soudards indisciplinés ; une vraie bonne sœur Ran-tan-plan, dont la figure ravagée, crevée de trous sans nombre, paraissait une image des dévastations de la guerre.

Personne ne dit rien après elle, tant l'effet semblait excellent.

Aussitôt le repas terminé on remonta bien vite dans les chambres pour ne descendre, le lendemain, qu'assez tard dans la matinée.

Le déjeuner fut tranquille. On donnait à la graine semée la veille le temps de germer et de pousser ses fruits.

La comtesse proposa de faire une promenade dans l'après-midi : alors le comte, comme il était convenu, prit le bras de Boule de suif, et demeura derrière les autres, avec elle.

Il lui parla de ce ton familier, paternel, un peu dédaigneux, que les hommes posés emploient avec les filles, l'appelant : « ma chère enfant », la traitant du haut de sa position sociale, de son

honorabilité indiscutée. Il pénétra tout de suite au vif de la question :

« Donc, vous préférez nous laisser ici, exposés comme vous-même à toutes les violences qui suivraient un échec des troupes prussiennes, plutôt que de consentir à une de ces complaisances que vous avez eues si souvent en votre vie ? »

Boule de suif ne répondit rien.

Il la prit par la douceur, par le raisonnement, par les sentiments. Il sut rester « monsieur le comte », tout en se montrant galant quand il le fallut, complimenteur, aimable enfin. Il exalta le service qu'elle leur rendrait, parla de leur reconnaissance; puis soudain, la tutoyant gaiement : « Et tu sais, ma chère, il pourrait se vanter d'avoir goûté d'une jolie fille comme il n'en trouvera pas beaucoup dans son pays. »

Boule de suif ne répondit pas et rejoignit la société.

Aussitôt rentrée, elle monta chez elle et ne reparut plus. L'inquiétude était extrême. Qu'allait-elle faire ? Si elle résistait, quel embarras !

L'heure du dîner sonna; on l'attendit en vain. M. Follenvie, entrant alors, annonça que M\ue Rousset se sentait indisposée, et qu'on pouvait se mettre à table. Tout le monde dressa l'oreille. Le comte s'approcha de l'aubergiste, et, tout bas : « Ça y est ? — Oui. » Par convenance, il ne dit rien à ses compagnons, mais il leur fit seulement un léger signe de la tête. Aussitôt un grand soupir de soulagement sortit de toutes les poitrines, une allégresse parut sur les visages. Loiseau cria : « Saperlipopette ! je paye du champagne si l'on en trouve dans l'établissement » et M\me Loiseau eut une angoisse lorsque le patron revint avec quatre bouteilles aux mains. Chacun était devenu subitement communicatif et bruyant; une joie égrillarde emplissait les cœurs. Le comte parut s'apercevoir que M\me Carré-Lamadon était charmante, le manufacturier fit des compliments à la comtesse. La conversation fut vive, enjouée, pleine de traits.

Tout à coup, Loiseau, la face anxieuse et levant les bras, hurla : « Silence ! » Tout le monde se tut, surpris, presque effrayé déjà. Alors il tendit l'oreille en faisant « Chut ! » des deux mains, leva les yeux vers le plafond, écouta de nou-

veau, et reprit, de sa voix naturelle : « Rassurez-vous, tout va bien. »

On hésitait à comprendre, mais bientôt un sourire passa.

Au bout d'un quart d'heure il recommença la même farce, la renouvela souvent dans la soirée; et il faisait semblant d'interpeller quelqu'un à l'étage au-dessus, en lui donnant des conseils à double sens puisés dans son esprit de commis voyageur. Par moments il prenait un air triste pour soupirer : « Pauvre fille ! » ou bien il murmurait entre ses dents d'un air rageur : « Gueux de Prussien, va ! » Quelquefois, au moment où l'on n'y songeait plus, il poussait, d'une voix vibrante, plusieurs : « Assez ! assez ! » et ajoutait, comme se parlant à lui-même : « Pourvu que nous la revoyions; qu'il ne l'en fasse pas mourir, le misérable ! »

Bien que ces plaisanteries fussent d'un goût déplorable, elles amusaient et ne blessaient personne, car l'indignation dépend des milieux comme le reste, et l'atmosphère qui s'était peu à peu créée autour d'eux était chargée de pensées grivoises.

Au dessert, les femmes elles-mêmes firent des allusions spirituelles et discrètes. Les regards luisaient; on avait bu beaucoup. Le comte, qui conservait, même en ses écarts, sa grande apparence de gravité, trouva une comparaison fort goûtée sur la fin des hivernages au pôle et la joie des naufragés qui voient s'ouvrir une route vers le sud.

Loiseau, lancé, se leva, un verre de champagne à la main : « Je bois à notre délivrance ! » Tout le monde fut debout : on l'acclamait. Les deux bonnes sœurs, elles-mêmes, sollicitées par ces dames, consentirent à tremper leurs lèvres dans ce vin mousseux dont elles n'avaient jamais goûté. Elles déclarèrent que cela ressemblait à la limonade gazeuse, mais que c'était plus fin cependant.

Loiseau résuma la situation.

« C'est malheureux de ne pas avoir de piano parce qu'on pourrait pincer un quadrille. »

Cornudet n'avait pas dit un mot, pas fait un geste; il paraissait même plongé dans des pensées très graves, et tirait parfois, d'un geste furieux, sa grande barbe qu'il semblait vouloir allonger

encore. Enfin, vers minuit, comme on allait se séparer, Loiseau qui titubait, lui tapa soudain sur le ventre et lui dit en bredouillant : « Vous n'êtes pas farce, vous, ce soir; vous ne dites rien, citoyen ? » Mais Cornudet releva brusquement la tête, et, parcourant la société d'un regard luisant et terrible : « Je vous dis à tous que vous venez de faire une infamie ! » Il se leva, gagna la porte, répéta encore une fois : « Une infamie ! » et disparut.

Cela jeta un froid d'abord. Loiseau, interloqué, restait bête; mais il reprit son aplomb, puis, tout à coup, se tordit en répétant : « Ils sont trop verts mon vieux, ils sont trop verts. » Comme on ne comprenait pas, il raconta les « mystères du corridor ». Alors il y eut une reprise de gaieté formidable. Ces dames s'amusaient comme des folles. Le comte et M. Carré-Lamadon pleuraient à force de rire. Ils ne pouvaient croire.

« Comment ! vous êtes sûr ! Il voulait...

— Je vous dis que je l'ai vu.

— Et, elle a refusé...

— Parce que le Prussien était dans la chambre à côté.

— Pas possible ?

— Je vous le jure. »

Le comte étouffait. L'industriel se comprimait le ventre à deux mains. Loiseau continuait :

« Et, vous comprenez, ce soir, il ne la trouve pas drôle, mais pas du tout. »

Et tous les trois repartaient, malades, essoufflés, toussant.

On se sépara là-dessus. Mais Mme Loiseau, qui était de la nature des orties, fit remarquer à son mari, au moment où ils se couchaient, que « cette chipie » de petite Carré-Lamadon avait ri jaune toute la soirée : « Tu sais, les femmes, quand ça en tient pour l'uniforme, qu'il soit Français ou bien Prussien, ça leur est, ma foi, bien égal. Si ce n'est pas une pitié, Seigneur Dieu ! »

Et toute la nuit, dans l'obscurité du corridor coururent comme des frémissements, des bruits légers, à peine sensibles, pareils à des souffles, des effleurements de pieds nus, d'imperceptibles craquements. Et l'on ne dormit que très tard, assurément,

85

car des filets de lumière glissèrent longtemps sous les portes. Le champagne a de ces effets-là; il trouble, dit-on, le sommeil.

Le lendemain, un clair soleil d'hiver rendait la neige éblouissante. La diligence, attelée enfin, attendait devant la porte, tandis qu'une armée de pigeons blancs, rengorgés dans leurs plumes épaisses, avec un œil rose, taché, au milieu, d'un point noir, se promenaient gravement entre les jambes des six chevaux, et cherchaient leur vie dans le crottin fumant qu'ils éparpillaient.

Le cocher, enveloppé dans sa peau de mouton, grillait une pipe sur le siège, et tous les voyageurs radieux faisaient rapidement empaqueter des provisions pour le reste du voyage.

On n'attendait plus que Boule de suif. Elle parut.

Elle semblait un peu troublée, honteuse, et elle s'avança timidement vers ses compagnons, qui, tous, d'un même mouvement, se détournèrent comme s'ils ne l'avaient pas aperçue. Le comte prit avec dignité le bras de sa femme et l'éloigna de ce contact impur.

La grosse fille s'arrêta, stupéfaite; alors, ramassant tout son courage, elle aborda la femme du manufacturier d'un « bonjour, Madame » humblement murmuré. L'autre fit de la tête seule un petit salut impertinent qu'elle accompagna d'un regard de vertu outragée. Tout le monde semblait affairé, et l'on se tenait loin d'elle comme si elle eût apporté une infection dans ses jupes. Puis on se précipita vers la voiture, où elle arriva seule, la dernière, et reprit en silence la place qu'elle avait occupée pendant la première partie de la route.

On semblait ne pas la voir, ne pas la connaître; mais Mme Loiseau, la considérant de loin avec indignation, dit à mi-voix à son mari : « Heureusement que je ne suis pas à côté d'elle. »

La lourde voiture s'ébranla, et le voyage recommença.

On ne parla point d'abord. Boule de suif n'osait pas lever les yeux. Elle se sentait en même temps indignée contre tous ses voisins, et humiliée d'avoir cédé, souillée par les baisers de ce Prussien entre les bras duquel on l'avait hypocritement jetée.

Mais la comtesse, se tournant vers Mme Carré-Lamadon, rompit bientôt ce pénible silence.

« Vous connaissez, je crois, Mme d'Etrelles ?

— Oui, c'est une de mes amies.

— Quelle charmante femme !

— Ravissante ! Une vraie nature d'élite, fort instruite d'ailleurs, et artiste jusqu'au bout des doigts : elle chante à ravir et dessine dans la perfection. »

Le manufacturier causait avec le comte, et au milieu du fracas des vitres un mot parfois jaillissait : « Coupon — échéance — prime — à terme. »

Loiseau, qui avait chipé le vieux jeu de cartes de l'auberge, engraissé par cinq ans de frottement sur les tables mal essuyées, attaqua un bésigue avec sa femme.

Les bonnes sœurs prirent à leur ceinture le long rosaire qui pendait, firent ensemble le signe de la croix, et tout à coup leurs lèvres se mirent à remuer vivement, se hâtant de plus en plus, précipitant leur vague murmure comme pour une course d'*oremus* ; et de temps en temps elles baisaient une médaille, se signaient de nouveau, puis recommençaient leur marmottement rapide et continu.

Cornudet songeait, immobile.

Au bout de trois heures de route, Loiseau ramassa ses cartes : « Il fait faim », dit-il.

Alors sa femme atteignit un paquet ficelé d'où elle fit sortir un morceau de veau froid. Elle le découpa proprement par tranches minces et fermes, et tous deux se mirent à manger.

« Si nous en faisions autant », dit la comtesse. On y consentit et elle déballa les provisions préparées pour les deux ménages. C'était, dans un de ces vases allongés dont le couvercle porte un lièvre en faïence, pour indiquer qu'un lièvre en pâté gît au-dessous, une charcuterie succulente, où de blanches rivières de lard traversaient la chair brune du gibier, mêlée à d'autres viandes hachées fin. Un beau carré de gruyère, apporté dans un journal, gardait imprimé : « faits divers » sur sa pâte onctueuse.

Les deux bonnes sœurs développèrent un rond de saucisson qui sentait l'ail; et Cornudet, plongeant les deux mains en même temps dans les vastes poches de son paletot-sac, tira de l'une quatre œufs durs et de l'autre le croûton d'un pain. Il détacha la coque, la jeta sous ses pieds dans la paille et se mit à mordre à

même les œufs, faisant tomber sur sa vaste barbe des parcelles de jaune clair qui semblaient, là dedans, des étoiles.

Boule de suif, dans la hâte et l'effarement de son lever, n'avait pu songer à rien; et elle regardait exaspérée, suffoquant de rage, tous ces gens qui mangeaient placidement. Une colère tumultueuse la crispa d'abord, et elle ouvrit la bouche pour leur crier leur fait avec un flot d'injures qui lui montait aux lèvres; mais elle ne pouvait pas parler tant l'exaspération l'étranglait.

Personne ne la regardait, ne songeait à elle. Elle se sentait noyée dans le mépris de ces gredins honnêtes qui l'avaient sacrifiée d'abord, rejetée ensuite, comme une chose malpropre et inutile. Alors elle songea à son grand panier tout plein de bonnes choses qu'ils avaient goulûment dévorées, à ses deux poulets luisants de gelée, à ses pâtés, à ses poires, à ses quatre bouteilles de bordeaux; et, sa fureur tombant soudain, comme une corde trop tendue qui casse, elle se sentit prête à pleurer. Elle fit des efforts terribles, se raidit, avala ses sanglots comme les enfants; mais les pleurs montaient, luisaient au bord de ses paupières, et bientôt deux grosses larmes, se détachant des yeux, roulèrent lentement sur ses joues. D'autres les suivirent plus rapides, coulant comme les gouttes d'eau qui filtrent d'une roche, et tombant régulièrement sur la courbe rebondie de sa poitrine. Elle restait droite, le regard fixe, la face rigide et pâle, espérant qu'on ne la verrait pas.

Mais la comtesse s'en aperçut et prévint son mari d'un signe. Il haussa les épaules comme pour dire : « Que voulez-vous ? ce n'est pas ma faute. » Mme Loiseau eut un rire muet de triomphe, et murmura : « Elle pleure sa honte. »

Les deux bonnes sœurs s'étaient remises à prier, après avoir roulé dans un papier le reste de leur saucisson.

Alors Cornudet, qui digérait ses œufs, étendit ses longues jambes sous la banquette d'en face, se renversa, croisa ses bras, sourit comme un homme qui vient de trouver une bonne farce, et se mit à siffloter la *Marseillaise*.

Toutes les figures se rembrunirent. Le chant populaire, assurément, ne plaisait point à ses voisins. Ils devinrent ner-

veux, agacés, et avaient l'air prêts à hurler comme des chiens qui entendent un orgue de barbarie.

Il s'en aperçut, ne s'arrêta plus. Parfois même il fredonnait les paroles :

> *Amour sacré de la patrie,*
> *Conduis, soutiens, nos bras vengeurs,*
> *Liberté, liberté chérie,*
> *Combats avec tes défenseurs !*

On fuyait plus vite, la neige étant plus dure; et jusqu'à Dieppe, pendant les longues heures mornes du voyage, à travers les cahots du chemin, par la nuit tombante, puis dans l'obscurité profonde de la voiture, il continua, avec une obstination féroce, son sifflement vengeur et monotone, contraignant les esprits las et exaspérés à suivre le chant d'un bout à l'autre, à se rappeler chaque parole qu'ils appliquaient sur chaque mesure.

Et Boule de suif pleurait toujours; et parfois un sanglot, qu'elle n'avait pu retenir, passait entre deux couplets, dans les ténèbres.

DEUX AMIS

Paris était bloqué, affamé et râlant. Les moineaux se faisaient bien rares sur les toits, et les égouts se dépeuplaient. On mangeait n'importe quoi.

Comme il se promenait tristement par un clair matin de janvier le long du boulevard extérieur, les mains dans les poches de sa culotte d'uniforme et le ventre vide, M. Morissot, horloger de son état et pantouflard par occasion, s'arrêta net devant un confrère qu'il reconnut pour un ami. C'était M. Sauvage, une connaissance du bord de l'eau.

Chaque dimanche, avant la guerre, Morissot partait dès l'aurore, une canne en bambou d'une main, une boîte en fer-blanc sur le dos. Il prenait le chemin de fer d'Argenteuil, descendait à Colombes, puis gagnait à pied l'île Marante. A peine arrivé en ce lieu de ses rêves, il se mettait à pêcher; il pêchait jusqu'à la nuit.

Chaque dimanche, il rencontrait là un petit homme replet et jovial, M. Sauvage, mercier, rue Notre-Dame-de-Lorette, autre pêcheur fanatique. Ils passaient souvent une demi-journée côte à côte, la ligne à la main et les pieds ballants au-dessus du courant; et ils s'étaient pris d'amitié l'un pour l'autre.

En certains jours, ils ne parlaient pas. Quelquefois ils causaient; mais ils s'entendaient admirablement sans rien dire, ayant des goûts semblables et des sensations identiques.

Au printemps, le matin, vers dix heures, quand le soleil

90

rajeuni faisait flotter sur le fleuve tranquille cette petite buée qui coule avec l'eau, et versait dans le dos des deux enragés pêcheurs une bonne chaleur de saison nouvelle, Morissot parfois disait à son voisin : « Hein ! quelle douceur ! » et M. Sauvage répondait : « Je ne connais rien de meilleur. » Et cela leur suffisait pour se comprendre et s'estimer.

A l'automne, vers la fin du jour, quand le ciel, ensanglanté par le soleil couchant, jetait dans l'eau des figures de nuages écarlates, empourprait le fleuve entier, enflammait l'horizon, faisait rouges comme du feu les deux amis, et dorait les arbres roussis déjà, frémissants d'un frisson d'hiver, M. Sauvage regardait en souriant Morissot et prononçait : « Quel spectacle ! » Et Morissot émerveillé répondait, sans quitter des yeux son flotteur : « Cela vaut mieux que le boulevard, hein ? »

Dès qu'ils se furent reconnus, ils se serrèrent les mains énergiquement, tout émus de se retrouver en des circonstances si différentes. M. Sauvage, poussant un soupir, murmura : « En voilà des événements ! » Morissot, très morne, gémit : « Et quel temps ! C'est aujourd'hui le premier beau jour de l'année. »

Le ciel était, en effet, tout bleu et plein de lumière.

Ils se mirent à marcher côte à côte, rêveurs et tristes. Morissot reprit : « Et la pêche ? hein ! quel bon souvenir ! »

M. Sauvage demanda : « Quand y retournerons-nous ? »

Ils entrèrent dans un petit café et burent ensemble une absinthe; puis ils se remirent à se promener sur les trottoirs.

Morissot s'arrêta soudain : « Une seconde verte, hein ? » M. Sauvage y consentit : « A votre disposition. » Et ils pénétrèrent chez un autre marchand de vins.

Ils étaient fort étourdis en sortant, troublés comme des gens à jeun dont le ventre est plein d'alcool. Il faisait doux. Une brise caressante leur chatouillait le visage.

M. Sauvage, que l'air tiède achevait de griser, s'arrêta : « Si on y allait ?

— Où ça ?

— A la pêche, donc.

— Mais où ?

— Mais à notre île. Les avant-postes français sont auprès de

Colombes. Je connais le colonel Dumoulin; on nous laissera passer facilement. »

Morissot frémit de désir : « C'est dit. J'en suis. » Et ils se séparèrent pour prendre leurs instruments.

Une heure après, ils marchaient côte à côte sur la grand'route. Puis ils gagnèrent la villa qu'occupait le colonel. Il sourit de leur demande et consentit à leur fantaisie. Ils se remirent en marche, munis d'un laissez-passer.

Bientôt ils franchirent les avant-postes, traversèrent Colombes abandonné, et se trouvèrent au bord des petits champs de vigne qui descendent vers la Seine. Il était environ onze heures.

En face, le village d'Argenteuil semblait mort. Les hauteurs d'Orgemont et de Sannois dominaient tout le pays. La grande plaine qui va jusqu'à Nanterre était vide, toute vide, avec ses cerisiers nus et ses terres grises.

M. Sauvage, montrant du doigt les sommets, murmura : « Les Prussiens sont là-haut ! » Et une inquiétude paralysait les deux amis devant ce pays désert.

« Les Prussiens ! » Ils n'en avaient jamais aperçu, mais ils les sentaient là depuis des mois, autour de Paris, ruinant la France, pillant, massacrant, affamant, invisibles et tout-puissants. Et une sorte de terreur superstitieuse s'ajoutait à la haine qu'ils avaient pour ce peuple inconnu et victorieux.

Morissot balbutia : « Hein ! si nous allions en rencontrer ? »

M. Sauvage répondit, avec cette gouaillerie parisienne reparaissant malgré tout :

« Nous leur offririons une friture. »

Mais ils hésitaient à s'aventurer dans la campagne, intimidés par le silence de tout l'horizon.

A la fin, M. Sauvage se décida : « Allons, en route ! mais avec précaution. » Et ils descendirent dans un champ de vigne, courbés en deux, rampant, profitant des buissons pour se couvrir, l'œil inquiet, l'oreille tendue.

Une bande de terre nue restait à traverser pour gagner le bord du fleuve. Il se mirent à courir; et dès qu'ils eurent atteint la berge, ils se blottirent dans les roseaux secs.

Morissot colla sa joue par terre pour écouter si on ne marchait

pas dans les environs. Il n'entendit rien. Ils étaient bien seuls, tout seuls.

Ils se rassurèrent et se mirent à pêcher.

En face d'eux, l'île Marante abandonnée les cachait à l'autre berge. La petite maison du restaurant était close, semblait délaissée depuis des années.

M. Sauvage prit le premier goujon. Morissot attrapa le second, et d'instant en instant ils levaient leurs lignes avec une petite bête argentée frétillant au bout du fil : Une vraie pêche miraculeuse.

Ils introduisaient délicatement les poissons dans une poche de filet à mailles très serrées, qui trempait à leurs pieds. Et une joie délicieuse les pénétrait, cette joie qui vous saisit quand on retrouve un plaisir aimé dont on est privé depuis longtemps.

Le bon soleil leur coulait sa chaleur entre les épaules; ils n'écoutaient plus rien; ils ne pensaient plus à rien; ils ignoraient le reste du monde; ils pêchaient.

Mais soudain un bruit sourd qui semblait venir de sous terre fit trembler le sol. Le canon se remettait à tonner.

Morissot tourna la tête, et par-dessus la berge il aperçut, là-bas, sur la gauche, la grande silhouette du Mont-Valérien, qui portait au front une aigrette blanche, une buée de poudre qu'il venait de cracher.

Et aussitôt une second jet de fumée partit du sommet de la forteresse; et quelques instants après une nouvelle détonation gronda.

Puis d'autres suivirent, et de moment en moment, la montagne jetait son haleine de mort, soufflait ses vapeurs laiteuses qui s'élevaient lentement dans le ciel calme, faisaient un nuage au-dessus d'elle.

M. Sauvage haussa les épaules : « Voilà qu'ils recommencent », dit-il.

Morissot, qui regardait anxieusement plonger coup sur coup la plume de son flotteur, fut pris soudain d'une colère d'homme paisible contre ces enragés qui se battaient ainsi, et il grommela : « Faut-il être stupide pour se tuer comme ça ! »

M. Sauvage reprit : « C'est pis que des bêtes. »

93

Et Morissot, qui venait de saisir une ablette, déclara : « Et dire que ce sera toujours ainsi tant qu'il y aura des gouvernements. »

M. Sauvage l'arrêta : « La République n'aurait pas déclaré la guerre... »

Morissot l'interrompit : « <u>Avec les rois on a la guerre au dehors; avec la République on a la guerre au dedans.</u> »

Et tranquillement ils se mirent à discuter, débrouillant les grands problèmes politiques avec une raison saine d'hommes doux et bornés, tombant d'accord sur ce point, qu'on ne serait jamais libres. Et le Mont-Valérien tonnait sans repos, démolissant à coups de boulet des maisons françaises, broyant des vies, écrasant des êtres, mettant fin à bien des rêves, à bien des joies attendues, à bien des bonheurs espérés, ouvrant en des cœurs de femmes, en des cœurs de filles, en des cœurs de mères, là-bas, en d'autres pays, des souffrances qui ne finiraient plus.

« C'est la vie », déclara M. Sauvage.

« Dites plutôt que c'est la mort », reprit en riant Morissot. Mais ils <u>tressaillirent</u> effarés, sentant bien qu'on venait de marcher derrière eux; et ayant tourné les yeux, ils aperçurent, debout contre leurs épaules, quatre hommes, quatre grands hommes armés et <u>barbus</u>, vêtus comme des domestiques en livrée et coiffés de casquettes plates, les tenant en joue au bout de leurs fusils.

Les deux lignes s'échappèrent de leurs mains et se mirent à descendre la rivière.

En quelques secondes, ils furent saisis, attachés, emportés, jetés dans une barque et passés dans l'île.

Et derrière la maison qu'ils avaient crue abandonnée, ils aperçurent une vingtaine de soldats allemands.

Une sorte de géant velu, qui fumait, à cheval sur une chaise, une grande pipe de porcelaine, leur demanda, en excellent français : « Eh bien, Messieurs, avez-vous fait bonne pêche ? »

Alors un soldat déposa aux pieds de l'officier le filet plein de poissons, qu'il avait eu soin d'emporter. Le Prussien sourit : « Eh ! eh ! je vois que ça n'allait pas mal. Mais il s'agit d'autre chose. Écoutez-moi et ne vous troublez pas.

DEUX AMIS

» Pour moi, vous êtes deux espions envoyés pour me guetter. Je vous prends et je vous fusille. Vous faisiez semblant de pêcher, afin de mieux dissimuler vos projets. Vous êtes tombés entre mes mains, tant pis pour vous; c'est la guerre.

» Mais comme vous êtes sortis par les avant-postes, vous avez assurément un mot d'ordre pour rentrer. Donnez-moi ce mot d'ordre et je vous fais grâce. »

Les deux amis, livides, côte à côte, les mains agitées d'un léger tremblement nerveux, se taisaient.

L'officier reprit : « Personne ne le saura jamais, vous rentrerez paisiblement. Le secret disparaîtra avec vous. Si vous refusez, c'est la mort, et tout de suite. Choisissez. »

Ils demeuraient immobiles sans ouvrir la bouche.

Le Prussien, toujours calme, reprit en étendant la main vers la rivière : « Songez que dans cinq minutes vous serez au fond de cette eau. Dans cinq minutes ! Vous devez avoir des parents ? »

Le Mont-Valérien tonnait toujours.

Les deux pêcheurs restaient debout et silencieux. L'Allemand donna des ordres dans sa langue. Puis il changea sa chaise de place pour ne pas se trouver trop près des prisonniers; et douze hommes vinrent se placer à vingt pas, le fusil au pied.

L'officier reprit : « Je vous donne une minute, pas deux secondes de plus. »

Puis il se leva brusquement, s'approcha des deux Français, prit Morissot sous le bras, l'entraîna plus loin, lui dit à voix basse : « Vite, ce mot d'ordre ? Votre camarade ne saura rien, j'aurai l'air de m'attendrir. »

Morissot ne répondit rien.

Le Prussien entraîna alors M. Sauvage et lui posa la même question.

M. Sauvage ne répondit pas.

Ils se retrouvèrent côte à côte.

Et l'officier se mit à commander. Les soldats élevèrent leurs armes.

Alors le regard de Morissot tomba par hasard sur le filet plein de goujons, resté dans l'herbe, à quelques pas de lui.

Un rayon de soleil faisait briller le tas de poissons qui s'agi-

95

DEUX AMIS

taient encore. Et une défaillance l'envahit. Malgré ses efforts, ses
yeux s'emplirent de larmes.

Il balbutia : « Adieu, monsieur Sauvage. »

M. Sauvage répondit : « Adieu, monsieur Morissot. »

Ils se serrèrent la main, secoués des pieds à la tête par d'invin-
cibles tremblements.

L'officier cria : « Feu ! »

Les douze coups n'en firent qu'un.

M. Sauvage tomba d'un bloc sur le nez. Morissot, plus grand,
oscilla, pivota et s'abattit en travers sur son camarade, le visage
au ciel, tandis que des bouillons de sang s'échappaient de sa
tunique crevée à la poitrine.

L'Allemand donna de nouveaux ordres.

Ses hommes se dispersèrent, puis revinrent avec des cordes et
des pierres qu'ils attachèrent aux pieds des deux morts ; puis ils
les portèrent sur la berge.

Le Mont-Valérien ne cessait pas de gronder, coiffé mainte-
nant d'une montagne de fumée.

Deux soldats prirent Morissot par la tête et par les jambes ;
deux autres saisirent M. Sauvage de la même façon. Les corps,
un instant balancés avec force, furent lancés au loin, décrivirent
une courbe, puis plongèrent, debout, dans le fleuve, les pierres
entraînant les pieds d'abord.

L'eau rejaillit, bouillonna, frissonna, puis se calma, tandis
que de toutes petites vagues s'en venaient jusqu'aux rives.

Un peu de sang flottait.

L'officier, toujours serein, dit à mi-voix : « C'est le tour des
poissons maintenant. »

Puis il revint vers la maison.

Et soudain il aperçut le filet aux goujons dans l'herbe. Il le
ramassa, l'examina, sourit, cria : « Wilhem ! »

Un soldat accourut, en tablier blanc. Et le Prussien, lui jetant
la pêche des deux fusillés, commanda : « Fais-moi frire tout de
suite ces petits animaux-là pendant qu'ils sont encore vivants.
Ce sera délicieux. »

Puis il se remit à fumer sa pipe.

96

UN DUEL

L A guerre était finie; les Allemands occupaient la France; le pays palpitait comme un lutteur vaincu tombé sous le genou du vainqueur.

De Paris affolé, affamé, désespéré, les premiers trains sortaient, allant aux frontières nouvelles, traversant avec lenteur les campagnes et les villages. Les premiers voyageurs regardaient par les portières les plaines ruinées et les hameaux incendiés. Devant les portes des maisons restées debout, des soldats prussiens, coiffés du casque noir à la pointe de cuivre, fumaient leur pipe, à cheval sur des chaises. D'autres travaillaient ou causaient comme s'ils eussent fait partie des familles. Quand on passait les villes, on voyait des régiments entiers manœuvrant sur les places, et, malgré le bruit des roues, les commandements rauques arrivaient par instants.

M. Dubuis, qui avait fait partie de la garde nationale de Paris pendant toute la durée du siège, allait rejoindre en Suisse sa femme et sa fille, envoyées par prudence à l'étranger, avant l'invasion.

La famine et les fatigues n'avaient point diminué son gros ventre de marchand riche et pacifique. Il avait subi les événements terribles avec une résignation désolée et des phrases amères sur la sauvagerie des hommes. Maintenant qu'il gagnait la frontière, la guerre finie, il voyait pour la première fois des Prus-

97

siens, bien qu'il eût fait son devoir sur les remparts et monté bien des gardes par les nuits froides.

Il regardait avec une terreur irritée ces hommes armés et barbus installés comme chez eux sur la terre de France, et il se sentait à l'âme une sorte de fièvre de patriotisme impuissant, en même temps que ce grand besoin, que cet instinct nouveau de prudence qui ne nous a plus quittés.

Dans son compartiment, deux Anglais, venus pour voir, regardaient de leurs yeux tranquilles et curieux. Ils étaient gros aussi tous deux et causaient en leur langue, parcourant parfois leur guide, qu'ils lisaient à haute voix en cherchant à bien reconnaître les lieux indiqués.

Tout à coup, le train s'étant arrêté à la gare d'une petite ville, un officier prussien monta avec son grand bruit de sabre sur le double marchepied du wagon. Il était grand, serré dans son uniforme et barbu jusqu'aux yeux. Son poil roux semblait flamber, et ses longues moustaches, plus pâles, s'élançaient des deux côtés du visage, qu'elles coupaient en travers.

Les Anglais aussitôt se mirent à le contempler avec des sourires de curiosité satisfaite, tandis que M. Dubuis faisait semblant de lire un journal. Il se tenait blotti dans son coin, comme un voleur en face d'un gendarme.

Le train se remit en marche. Les Anglais continuaient à causer, à chercher les lieux précis des batailles; et soudain, comme l'un d'eux tendait le bras vers l'horizon en indiquant un village, l'officier prussien prononça en français, en étendant ses longues jambes et se renversant sur le dos :

« Ché tué touze Français tans ce fillage. Ché bris plus te cent brisonniers. »

Les Anglais, tout à fait intéressés, demandèrent aussitôt :
« Aoh ! comment s'appelé, cette village ? »

Le Prussien répondit : « Pharsbourg. »

Il reprit :
« Ché bris ces bolissons de Français par les oreilles. »

Et il regardait M. Dubuis en riant orgueilleusement dans son poil.

Le train roulait, traversant toujours des hameaux occupés.

98

On voyait les soldats allemands le long des routes, au bord des champs, debout au coin des barrières, ou causant devant les cafés. Ils couvraient la terre comme les sauterelles d'Afrique.

L'officier tendit la main :

« Si ch'afrais le gommandement, ch'aurais bris Paris, et brûlé tout, et tué tout le monde. Blus de France ! »

Les Anglais, par politesse, répondirent simplement :

« Aoh yes. »

Il continua :

« Tans vingt ans, toute l'Europe, toute, abartiendra à nous. La Brusse blus forte que tous. »

Les Anglais inquiets ne répondaient plus. Leurs faces, devenues impassibles, semblaient de cire entre leurs longs favoris. Alors l'officier prussien se mit à rire. Et, toujours renversé sur le dos, il blagua. Il blaguait la France écrasée, insultait les ennemis à terre; il blaguait l'Autriche, vaincue naguère; il blaguait la défense acharnée et impuissante des départements; il blaguait les mobiles, l'artillerie inutile. Il annonça que Bismarck allait bâtir une ville de fer avec les canons capturés. Et soudain il mit ses bottes contre la cuisse de M. Dubuis, qui détournait les yeux, rouge jusqu'aux oreilles.

Les Anglais semblaient devenus indifférents à tout, comme s'ils s'étaient trouvés brusquement renfermés dans leur île, loin des bruits du monde.

L'officier tira sa pipe et, regardant fixement le Français :

« Vous n'auriez bas de tabac ? »

M. Dubuis répondit :

« Non, Monsieur. »

L'Allemand reprit :

« Je fous brie t'aller en acheter gand le gonvoi s'arrêtera. »

Et il se mit à rire de nouveau :

« Je vous tonnerai un bourboire. »

Le train siffla, ralentissant sa marche. On passait devant les bâtiments incendiés d'une gare; puis on s'arrêta tout à fait.

L'Allemand ouvrit la portière et, prenant par le bras M. Dubuis :

« Allez faire ma gommission, fite, fite ! »

Un détachement prussien occupait la station. D'autres sol-
dats regardaient, debout, le long des grilles de bois. La machine
déjà sifflait pour repartir. Alors, brusquement, M. Dubuis
s'élança sur le quai et, malgré les gestes du chef de gare, il se
précipita dans le compartiment voisin.

☆

Il était seul ! Il ouvrit son gilet, tant son cœur battait, et il
s'essuya le front, haletant.

Le train s'arrêta de nouveau dans une station. Et tout à coup
l'officier parut à la portière et monta suivi bientôt des deux
Anglais que la curiosité poussait. L'Allemand s'assit en face du
Français et, riant toujours :

« Fous n'afez pas voulu faire ma gommission. »

M. Dubuis répondit :

« Non, Monsieur. »

Le train venait de repartir.

L'officier dit :

« Che fais gouper fotre moustache pour bourrer ma pipe. »

Et il avança la main vers la figure de son voisin.

Les Anglais, toujours impassibles, regardaient de leurs yeux
fixes.

Déjà, l'Allemand avait pris une pincée de poils et tirait dessus,
quand M. Dubuis d'un revers de main lui releva le bras et, le sa-
sissant au collet, le rejeta sur la banquette. Puis, fou de colère,
les tempes gonflées, les yeux pleins de sang, l'étranglant tou-
jours d'une main, il se mit avec l'autre, fermée, à lui taper furieu-
sement des coups de poing par la figure. Le Prussien se débattait,
tâchait de tirer son sabre, d'étreindre son adversaire couché sur
lui. Mais M. Dubuis l'écrasait du poids énorme de son ventre,
et tapait, tapait sans repos, sans prendre haleine, sans savoir où
tombaient ses coups. Le sang coulait; l'Allemand, étranglé,
râlait, crachait ses dents, essayait, mais en vain, de rejeter ce
gros homme exaspéré, qui l'assommait.

Les Anglais s'étaient levés et rapprochés pour mieux voir.

Ils se tenaient debout, pleins de joie et de curiosité, prêts à parier pour ou contre chacun des combattants.

Et soudain M. Dubuis, épuisé par un pareil effort, se releva et se rassit sans dire un mot.

Le Prussien ne se jeta pas sur lui, tant il demeurait effaré, stupide d'étonnement et de douleur. Quand il eut repris haleine, il prononça :

« Si fous ne foulez pas me rendre raison avec le bistolet, che vous tuerai. »

M. Dubuis répondit :

« Quand vous voudrez. Je veux bien. »

L'Allemand reprit :

« Foici la ville de Strasbourg, che brendrai deux officiers bour témoins, ché le temps avant que le train rebarte. »

M. Dubuis, qui soufflait autant que la machine, dit aux Anglais :

« Voulez-vous être mes témoins ? »

Tous deux répondirent ensemble :

« Aoh yes ! »

Et le train s'arrêta.

En une minute, le Prussien avait trouvé deux camarades qui apportèrent des pistolets, et on gagna les remparts.

Les Anglais sans cesse tiraient leur montre, pressant le pas, hâtant les préparatifs, inquiets de l'heure pour ne point manquer le départ.

M. Dubuis n'avait jamais tenu un pistolet. On le plaça à vingt pas de son ennemi. On lui demanda :

« Êtes-vous prêt ? »

En répondant « oui, Monsieur », il s'aperçut qu'un des Anglais avait ouvert son parapluie pour se garantir du soleil.

Une voix commanda :

« Feu » !

M. Dubuis tira, au hasard, sans attendre, et il aperçut avec stupeur le Prussien debout en face de lui qui chancelait, levait les bras et tombait raide sur le nez. Il l'avait tué.

Un Anglais cria un « Aoh » vibrant de joie, de curiosité satisfaite et d'impatience heureuse. L'autre, qui tenait toujours sa

montre à la main, saisit M. Dubuis par le bras, et l'entraîna, au pas gymnastique, vers la gare.

Le premier Anglais marquait le pas, tout en courant, les poings fermés, les coudes au corps.

« Une, deux ! une, deux ! »

Et tous trois de front trottaient, malgré leurs ventres, comme trois grotesques d'un journal pour rire.

Le train partait. Ils sautèrent dans leur voiture. Alors, les Anglais, ôtant leurs toques de voyage, les levèrent en les agitant, puis, trois fois de suite, ils crièrent :

« Hip, hip, hip, hurrah ! »

Puis ils tendirent gravement, l'un après l'autre, la main droite à M. Dubuis, et ils retournèrent s'asseoir côte à côte dans leur coin.

Theme - patriotism

reverse situation to other stories

French win through an ordinary mortal

revenge

LA MÈRE SAUVAGE

A Georges Pouchet.

I

Je n'étais point revenu à Virelogne depuis quinze ans. J'y retournai chasser, à l'automne, chez mon ami Serval, qui avait enfin fait reconstruire son château, détruit par les Prussiens.

J'aimais ce pays infiniment. Il est des coins du monde délicieux qui ont pour les yeux un charme sensuel. On les aime d'un amour physique. Nous gardons, nous autres que séduit la terre, des souvenirs tendres pour certaines sources, certains bois, certains étangs, certaines collines, vus souvent et qui nous ont attendris à la façon des événements heureux. Quelquefois même la pensée retourne vers un coin de forêt, ou un bout de berge, ou un verger poudré de fleurs, aperçus une seule fois, par un jour gai, et restés en notre cœur comme ces images de femmes rencontrées dans la rue, un matin de printemps, avec une toilette claire et transparente, et qui nous laissent dans l'âme et dans la chair un désir inapaisé, inoubliable, la sensation du bonheur coudoyé.

A Virelogne, j'aimais toute la campagne, semée de petits bois et traversée par des ruisseaux qui couraient dans le sol comme des veines, portant le sang à la terre. On pêchait là-dedans des écrevisses, des truites et des anguilles ! Bonheur divin ! On pouvait se baigner par places, et on trouvait souvent des bécassines dans les hautes herbes qui poussaient sur les bords de ces minces cours d'eau.

103

J'allais, léger comme une chèvre, regardant mes deux chiens fourrager devant moi. Serval, à cent mètres sur ma droite, battait un champ de luzerne. Je tournai les buissons qui forment la limite du bois des Saudres, et j'aperçus une chaumière en ruines.

Tout à coup, je me la rappelai telle que je l'avais vue pour la dernière fois, en 1869, propre, vêtue de vignes, avec des poules devant la porte. Quoi de plus triste qu'une maison morte, avec son squelette debout, délabré, sinistre ?

Je me rappelai aussi qu'une bonne femme m'avait fait boire un verre de vin là-dedans, un jour de grande fatigue, et que Serval m'avait dit alors l'histoire des habitants. Le père, vieux braconnier, avait été tué par les gendarmes. Le fils, que j'avais vu autrefois, était un grand garçon sec qui passait également pour un féroce destructeur de gibier. On les appelait les Sauvage.

Était-ce un nom ou un sobriquet ?

Je hélai Serval. Il s'en vint de son long pas d'échassier.

Je lui demandai.

« Que sont devenus les gens de là ? »

Et il me conta cette aventure.

II

Lorsque la guerre fut déclarée, le fils Sauvage, qui avait alors trente-trois ans, s'engagea, laissant la mère seule au logis. On ne la plaignait pas trop, la vieille, parce qu'elle avait de l'argent, on le savait.

Elle resta donc toute seule dans cette maison isolée si loin du village, sur la lisière du bois. Elle n'avait pas peur, du reste, étant de la même race que ses hommes, une rude vieille, haute et maigre, qui ne riait pas souvent et avec qui on ne plaisantait point. Les femmes des champs ne rient guère d'ailleurs. C'est affaire aux hommes, cela ! Elles ont l'âme triste et bornée, ayant une vie morne et sans éclaircie. Le paysan apprend un peu de gaieté bruyante au cabaret, mais sa compagne reste sérieuse avec

une physionomie constamment sévère. Les muscles de leur face n'ont point appris les mouvements du rire.

La mère Sauvage continua son existence ordinaire dans sa chaumière, qui fut bientôt couverte par les neiges. Elle s'en venait au village, une fois par semaine, chercher du pain et un peu de viande; puis elle retournait dans sa masure. Comme on parlait des loups, elle sortait le fusil au dos, le fusil du fils, rouillé, avec la crosse usée par le frottement de la main; et elle était curieuse à voir, la grande Sauvage, un peu courbée, allant à lentes enjambées par la neige, le canon de l'arme dépassant la coiffe noire qui lui serrait la tête et emprisonnait ses cheveux blancs, que personne n'avait jamais vus.

Un jour les Prussiens arrivèrent. On les distribua aux habitants, selon la fortune et les ressources de chacun. La vieille, qu'on savait riche, en eut quatre.

C'étaient quatre gros garçons à la chair blonde, à la barbe blonde, aux yeux bleus, demeurés gras malgré les fatigues qu'ils avaient endurées déjà, et bons enfants, bien qu'en pays conquis. Seuls chez cette femme âgée, ils se montrèrent pleins de prévenances pour elle, lui épargnant, autant qu'ils le pouvaient, des fatigues et des dépenses. On les voyait tous les quatre faire leur toilette autour du puits, le matin, en manches de chemise, mouillant à grande eau, dans le jour cru des neiges, leur chair blanche et rose d'hommes du Nord, tandis que la mère Sauvage allait et venait, préparant la soupe. Puis on les voyait nettoyer la cuisine, frotter les carreaux, casser du bois, éplucher les pommes de terre, laver le linge, accomplir toutes les besognes de la maison, comme quatre bons fils autour de leur mère.

Mais elle pensait sans cesse au sien, la vieille, à son grand maigre au nez crochu, aux yeux bruns, à la forte moustache qui faisait sur sa lèvre un bourrelet de poils noirs. Elle demandait chaque jour, à chacun des soldats installés à son foyer :

« Savez-vous où est parti le régiment français, vingt-troisième de marche ? Mon garçon est dedans. »

Ils répondaient : « Non, bas su, bas savoir tu tout. » Et, comprenant sa peine et ses inquiétudes, eux qui avaient des mères là-bas, ils lui rendaient mille petits soins. Elle les aimait

105

bien, d'ailleurs, ses quatre ennemis ; car les paysans n'ont guère
hatred les <u>haines</u> patriotiques ; cela n'appartient qu'aux classes supé-
rieures. Les humbles, ceux qui paient le plus parce qu'ils
sont pauvres et que toute charge nouvelle les accable, ceux qu'on
tue par masses, qui forment la vraie chair à canon, parce qu'ils
sont le nombre, ceux qui souffrent enfin le plus cruellement des
atroces misères de la guerre, parce qu'ils sont les plus faibles et
les moins résistants, ne comprennent guère ces ardeurs belli-
queuses, ce point d'honneur excitable et ces prétendues combi-
naisons politiques qui épuisent en six mois deux nations, la
victorieuse comme la vaincue.

On disait dans le pays, en parlant des Allemands de la mère
Sauvage :

« En v'là quatre qu'ont trouvé leur gîte. »

Or, un matin, comme la vieille femme était seule au logis, elle
aperçut au loin dans la plaine un homme qui venait vers sa
demeure. Bientôt elle le reconnut, c'était le piéton chargé de
distribuer les lettres. Il lui remit un papier plié et elle tira de son
étui les lunettes dont elle se servait pour coudre ; puis elle lut :

« Madame Sauvage, la présente est pour vous porter une
triste nouvelle. Votre garçon Victor a été tué hier par un boulet,
qui l'a censément coupé en deux parts. J'étais tout près, vu que
nous nous trouvions côte à côte dans la compagnie et qu'il me
parlait de vous pour vous prévenir au jour même s'il lui arrivait
malheur.

» J'ai pris dans sa poche sa montre pour vous la reporter
quand la guerre sera finie.

» Je vous salue amicalement.

» CÉSAIRE RIVOT,

» *Soldat de 2ᵉ classe au 23ᵉ de marche.* »

La lettre était datée de trois semaines.

Elle ne pleurait point. Elle demeurait immobile, tellement
saisie, hébétée, qu'elle ne souffrait même pas encore. Elle pen-
sait : « V'là Victor qu'est tué, maintenant. » Puis peu à peu les
grief larmes montèrent à ses yeux, et la douleur envahit son cœur. Les

idées lui venaient une à une, affreuses, torturantes. Elle ne l'embrasserait plus, son enfant, son grand, plus jamais ! Les gendarmes avaient tué le père, les Prussiens avaient tué le fils... Il avait été coupé en deux par un boulet. Et il lui semblait qu'elle voyait la chose, la chose horrible : la tête tombant, les yeux ouverts, tandis qu'il mâchait le coin de sa grosse moustache, comme il faisait aux heures de colère.

Qu'est-ce qu'on avait fait de son corps, après ? Si seulement on lui avait rendu son enfant, comme on lui avait rendu son mari, avec sa balle au milieu du front ?

Mais elle entendit un bruit de voix. C'étaient les Prussiens qui revenaient du village. Elle cacha bien vite la lettre dans sa poche et elle les reçut tranquillement avec sa figure ordinaire, ayant eu le temps de bien essuyer ses yeux.

Ils riaient tous les quatre, enchantés, car ils rapportaient un beau lapin, volé sans doute, et ils faisaient signe à la vieille qu'on allait manger quelque chose de bon.

Elle se mit tout de suite à la besogne pour préparer le déjeuner; mais, quand il fallut tuer le lapin, le cœur lui manqua. Ce n'était pas le premier pourtant ! Un des soldats l'assomma d'un coup de poing derrière les oreilles.

Une fois la bête morte, elle fit sortir le corps rouge de la peau; mais la vue du sang qu'elle maniait, qui lui couvrait les mains, du sang tiède qu'elle sentait se refroidir et se coaguler, la faisait trembler de la tête aux pieds; et elle voyait toujours son grand coupé en deux, et tout rouge aussi, comme cet animal encore palpitant.

Elle se mit à table avec ses Prussiens, mais elle ne put manger, pas même une bouchée. Ils dévorèrent le lapin sans s'occuper d'elle. Elle les regardait de côté, sans parler, mûrissant une idée, et le visage tellement impassible qu'ils ne s'aperçurent de rien.

Tout à coup, elle demanda : « Je ne sais seulement point vos noms, et v'là un mois que nous sommes ensemble. » Ils comprirent, non sans peine, ce qu'elle voulait, et dirent leurs noms. Cela ne lui suffisait pas; elle se les fit écrire sur un papier, avec l'adresse de leurs familles, et, reposant ses lunettes sur son grand nez, elle considéra cette écriture inconnue, puis elle plia la

feuille et la mit dans sa poche, par-dessus la lettre qui lui disait la mort de son fils.

Quand le repas fut fini, elle dit aux hommes :

« J' vas travailler pour vous. »

Et elle se mit à monter du foin dans le grenier où ils couchaient.

Ils s'étonnèrent de cette besogne; elle leur expliqua qu'ils auraient moins froid; et ils l'aidèrent. Ils entassaient les bottes jusqu'au toit de paille; et ils se firent ainsi une sorte de grande chambre avec quatre murs de fourrage, chaude et parfumée, où ils dormiraient à merveille.

Au dîner, un d'eux s'inquiéta de voir que la mère Sauvage ne mangeait point encore. Elle affirma qu'elle avait des crampes. Puis elle alluma un bon feu pour se chauffer, et les quatre Allemands montèrent dans leur logis par l'échelle qui leur servait tous les soirs.

Dès que la trappe fut refermée, la vieille enleva l'échelle, puis rouvrit sans bruit la porte du dehors, et elle retourna chercher des bottes de paille dont elle emplit sa cuisine. Elle allait nu-pieds, dans la neige, si doucement qu'on n'entendait rien. De temps en temps elle écoutait les ronflements sonores et inégaux des quatre soldats endormis.

Quand elle jugea suffisants ses préparatifs, elle jeta dans le foyer une des bottes, et, lorsqu'elle fut enflammée, elle l'éparpilla sur les autres, puis elle ressortit et regarda.

Une clarté violente illumina en quelques secondes tout l'intérieur de la chaumière, puis ce fut un brasier effroyable, un gigantesque four ardent, dont la lueur jaillissait par l'étroite fenêtre et jetait sur la neige un éclatant rayon.

Puis un grand cri partit du sommet de la maison, puis ce fut une clameur de hurlements humains, d'appels déchirants d'angoisse et d'épouvante. Puis, la trappe s'étant écroulée à l'intérieur, un tourbillon de feu s'élança dans le grenier, perça le toit de paille, monta dans le ciel comme une immense flamme de torche; et toute la chaumière flamba.

On n'entendait plus rien dedans que le crépitement de l'incendie, le craquement des murs, l'écroulement des poutres. Le

toit tout à coup s'effondra, et la carcasse ardente de la demeure lança dans l'air, au milieu d'un nuage de fumée, un grand panache d'étincelles.

La campagne, blanche, éclairée par le feu, luisait comme une nappe d'argent teintée de rouge.

Une cloche, au loin, se mit à sonner.

La vieille Sauvage restait debout, devant son logis détruit, armée de son fusil, celui du fils, de crainte qu'un des hommes n'échappât.

Quand elle vit que c'était fini, elle jeta son arme dans le brasier. Une détonation retentit.

Des gens arrivaient, des paysans, des Prussiens.

On trouva la femme assise sur un tronc d'arbre, tranquille et satisfaite.

Un officier allemand, qui parlait le français comme un fils de France, lui demanda :

« Où sont vos soldats ? »

Elle tendit son bras maigre vers l'amas rouge de l'incendie qui s'éteignait, et elle répondit d'une voix forte :

« Là-dedans ! »

On se pressait autour d'elle. Le Prussien demanda :

« Comment le feu a-t-il pris ? »

Elle prononça :

« C'est moi qui l'ai mis. »

On ne la croyait pas, on pensait que le désastre l'avait soudain rendue folle. Alors, comme tout le monde l'entourait et l'écoutait, elle dit la chose d'un bout à l'autre, depuis l'arrivée de la lettre jusqu'au dernier cri des hommes flambés avec sa maison. Elle n'oublia pas un détail de ce qu'elle avait ressenti ni de ce qu'elle avait fait.

Quand elle eut fini, elle tira de sa poche deux papiers, et, pour les distinguer aux dernières lueurs du feu, elle ajusta encore ses lunettes, puis elle prononça, montrant l'un : « Ça, c'est la mort de Victor. » Montrant l'autre, elle ajouta, en désignant les ruines rouges d'un coup de tête : « Ça, c'est leurs noms pour qu'on écrive chez eux. » Elle tendit tranquillement la feuille blanche à l'officier, qui la tenait par les épaules, et elle reprit :

« Vous écrirez comment c'est arrivé, et vous direz à leurs parents que c'est moi qui a fait ça. Victoire Simon, la Sauvage ! N'oubliez pas. »

L'officier criait des ordres en allemand. On la saisit, on la jeta contre les murs encore chauds de son logis. Puis douze hommes se rangèrent vivement en face d'elle, à vingt mètres. Elle ne bougea point. Elle avait compris; elle attendait.

Un ordre retentit, qu'une longue détonation suivit aussitôt. Un coup attardé partit tout seul, après les autres.

La vieille ne tomba point. Elle s'affaissa comme si on lui eût fauché les jambes.

L'officier prussien s'approcha. Elle était presque coupée en deux, et dans sa main crispée elle tenait sa lettre baignée de sang.

Mon ami Serval ajouta :

« C'est par représailles que les Allemands ont détruit le château du pays, qui m'appartenait. »

Moi, je pensais aux mères des quatre doux garçons brûlés là-dedans; et à l'héroïsme atroce de cette autre mère, fusillée contre ce mur.

Et je ramassai une petite pierre, encore noircie par le feu.

Themes - revenge
hypocracy

UN COUP D'ÉTAT

Paris venait d'apprendre le désastre de Sedan. La République était proclamée. La France entière haletait au début de cette démence qui dura jusqu'après la Commune. On jouait au soldat d'un bout à l'autre du pays.

Des bonnetiers étaient colonels faisant fonctions de généraux; les revolvers et des poignards s'étalaient autour de gros ventres pacifiques enveloppés de ceintures rouges; de petits bourgeois devenus guerriers d'occasion commandaient des bataillons de volontaires braillards et juraient comme des charretiers pour se donner de la prestance.

Le seul fait de tenir des armes, de manier des fusils à système affolait ces gens qui n'avaient jusqu'ici manié que des balances, et les rendait, sans aucune raison, redoutables au premier venu. On exécutait des innocents pour prouver qu'on savait tuer; on fusillait, en rôdant par les campagnes vierges encore de Prussiens, les chiens errants, les vaches ruminant en paix, les chevaux malades pâturant dans les herbages.

Chacun se croyait appelé à jouer un grand rôle militaire. Les cafés des moindres villages, pleins de commerçants en uniforme, ressemblaient à des casernes ou à des ambulances.

Le bourg de Canneville ignorait encore les affolantes nouvelles de l'armée et de la capitale; mais une extrême agitation le remuait depuis un mois, les partis adverses se trouvaient face à face.

111

Le maire, M. le vicomte de Varnetot, petit homme maigre vieux déjà, légitimiste rallié à l'Empire depuis peu, par ambi tion, avait vu surgir un adversaire déterminé dans le docteu Massarel, gros homme sanguin, chef du parti républicain dan l'arrondissement, vénérable de la loge maçonnique du chef lieu, président de la Société d'agriculture et du banquet de pompiers, et organisateur de la milice rurale qui devait sauve la contrée.

En quinze jours, il avait trouvé le moyen de décider à l défense du pays soixante-trois volontaires mariés et pères d famille, paysans prudents et marchands du bourg, et il le exerçait, chaque matin, sur la place de la mairie.

Quand le maire, par hasard, venait au bâtiment communal, l commandant Massarel, bardé de pistolets, passant fièrement le sabre en main, devant le front de sa troupe, faisait hurler à so monde : « Vive la patrie ! » Et ce cri, on l'avait remarqué agitait le petit vicomte, qui voyait là sans doute une menace, u défi, en même temps qu'un souvenir odieux de la grand Révolution.

Le 5 septembre au matin, le docteur en uniforme, son revolve sur sa table, donnait une consultation à un couple de vieu campagnards, dont l'un, le mari, atteint de varices depuis sep ans, avait attendu que sa femme en eût aussi pour venir trouve le médecin, quand le facteur apporta le journal.

M. Massarel l'ouvrit, pâlit, se dressa brusquement, et, levan les bras au ciel dans un geste d'exaltation, il se mit à vocifére de toute sa voix devant les deux ruraux affolés :

« Vive la République ! vive la République ! vive la Répu blique ! »

Puis il retomba sur son fauteuil, défaillant d'émotion.

Et comme le paysan reprenait : « Ça a commencé par de fourmis qui me couraient censément dans les jambes », l docteur Massarel s'écria :

« Fichez-moi la paix; j'ai bien le temps de m'occuper de vo bêtises. La République est proclamée, l'empereur est prisonnie la France est sauvée. Vive la République ! » Et courant à la porte il beugla : « Céleste, vite, Céleste ! »

112

La bonne épouvantée accourut; il bredouillait tant il parlait rapidement :

« Mes bottes, mon sabre, ma cartouchière et le poignard espagnol qui est sur ma table de nuit : dépêche-toi ! »

Comme le paysan obstiné, profitant d'un instant de silence, continuait :

« Ça a devenu comme des poches qui me faisaient mal en marchant. »

Le médecin exaspéré hurla :

« Fichez-moi donc la paix, nom d'un chien ! si vous vous étiez lavé les pieds, ça ne serait pas arrivé. »

Puis, le saisissant au collet, il lui jeta dans la figure :

« Tu ne sens donc pas que nous sommes en république, triple brute ? »

Mais le sentiment professionnel le calma tout aussitôt, et il poussa dehors le ménage abasourdi, en répétant :

« Revenez demain, revenez demain, mes bons amis. Je n'ai pas le temps aujourd'hui. »

Tout en s'équipant des pieds à la tête, il donna de nouveau une série d'ordres urgents à sa bonne :

« Cours chez le lieutenant Picart et chez le sous-lieutenant Pommel, et dis-leur que je les attends ici immédiatement. Envoie-moi aussi Torchebeuf avec son tambour, vite, vite ! »

Et quand Céleste fut sortie, il se recueillit, se préparant à surmonter les difficultés de la situation.

Les trois hommes arrivèrent ensemble, en vêtement de travail. Le commandant, qui s'attendait à les voir en tenue, eut un moment de sursaut.

« Vous ne savez donc rien, sacrebleu ? L'Empereur est prisonnier, la République est proclamée. Il faut agir. Ma position est délicate, je dirai plus, périlleuse. »

Il réfléchit quelques secondes devant les visages ahuris de ses subordonnés, puis reprit :

« Il faut agir et ne pas hésiter; les minutes valent des heures dans des instants pareils. Tout dépend de la promptitude des décisions. Vous, Picart, allez trouver le curé et sommez-le de sonner le tocsin pour réunir la population que je vais prévenir.

113

Vous, Torchebeuf, battez le rappel dans toute la commune jus
qu'aux hameaux de la Gerisaie et de Salmare pour rassemble
la milice en armes sur la place. Vous, Pommel, revêtez prompte
ment votre uniforme, rien que la tunique et le képi. Nous allon
occuper ensemble la mairie et sommer M. de Varnetot de m
remettre ses pouvoirs. C'est compris ?

— Oui.

— Exécutez, et promptement. Je vous accompagne jusqu
chez vous, Pommel, puisque nous opérons ensemble. »

Cinq minutes plus tard, le commandant et son <u>subalterne</u>
armés jusqu'aux dents, apparaissaient sur la place juste a
moment où le petit vicomte de Varnetot, les jambes guêtrée
comme pour une partie de chasse, son lefaucheux sur l'épaule
débouchait à pas rapides par l'autre rue, suivi de ses troi
gardes en tunique verte, le couteau sur la cuisse et le fusil e
bandoulière.

Pendant que le docteur s'arrêtait, stupéfait, les quatre homme
pénétrèrent dans la mairie dont la porte se referma derrière eu

« Nous sommes devancés, murmura le médecin, il fau
maintenant attendre du renfort. Rien à faire pour le qua
d'heure. »

Le lieutenant Picart reparut :

« Le curé a refusé d'obéir, dit-il; il s'est même enfermé dan
l'église avec le bedeau et le suisse. »

Et, de l'autre côté de la place, en face de la mairie blanche e
close, l'église, muette et noire, montrait sa grande porte de chên
garnie de ferrures de fer.

Alors, comme les habitants intrigués mettaient le nez au
fenêtres ou sortaient sur le seuil des maisons, le tambour souda
roula, et Torchebeuf apparut, battant avec fureur les trois coup
précipités du rappel. Il traversa la place au pas gymnastiqu
puis disparut dans le chemin des champs.

Le commandant tira son sabre, s'avança seul, à moitié distanc
environ entre les deux bâtiments où s'était barricadé l'ennen
et, agitant son arme au-dessus de sa tête, il mugit de toute l
force de ses poumons :

« Vive la République ! Mort aux traîtres ! »

114

Puis il se replia vers ses officiers.

Le boucher, le boulanger et le pharmacien, inquiets, accrochèrent leurs volets et fermèrent leurs boutiques. Seul, l'épicier demeura ouvert.

Cependant les hommes de la milice arrivaient peu à peu, vêtus diversement et tous coiffés d'un képi noir à galon rouge, le képi constituant tout l'uniforme du corps. Ils étaient armés de leurs vieux fusils rouillés, ces vieux fusils pendus depuis trente ans sur les cheminées des cuisines, et ils ressemblaient assez à un détachement de gardes champêtres.

Lorsqu'il en eut une trentaine autour de lui, le commandant, en quelques mots, les mit au fait des événements; puis, se tournant vers son état-major : « Maintenant, agissons », dit-il.

Les habitants se rassemblaient, examinaient et devisaient.

Le docteur eut vite arrêté son plan de campagne :

« Lieutenant Picart, vous allez vous avancer sous les fenêtres de cette mairie et sommer M. de Varnetot, au nom de la République, de me remettre la maison de ville. »

Mais le lieutenant, un maître maçon, refusa :

« Vous êtes encore un malin, vous. Pour me faire flanquer un coup de fusil, merci. Ils tirent bien ceux qui sont là dedans, vous savez. Faites vos commissions vous-même. »

Le commandant devint rouge.

« Je vous ordonne d'y aller au nom de la discipline. »

Le lieutenant se révolta :

« Plus souvent que je me ferai casser la figure sans savoir pourquoi. »

Les notables, rassemblés en un groupe voisin, se mirent à rire. Un d'eux cria :

« T'as raison, Picart, c'est pas l' moment ! »

Le docteur, alors, murmura :

« Lâches ! »

Et, déposant son sabre et son revolver aux mains d'un soldat, il s'avança d'un pas lent, l'œil fixé sur les fenêtres, s'attendant à en voir sortir un canon de fusil braqué sur lui.

Comme il n'était qu'à quelques pas du bâtiment, les portes des deux extrémités donnant entrée dans les deux écoles s'ou-

vrirent, et un flot de petits êtres, garçons par-ci, filles par-là, s'en échappèrent et se mirent à jouer sur la grande place vide, piaillant, comme un troupeau d'oies, autour du docteur, qui ne pouvait se faire entendre.

Aussitôt les derniers élèves sortis, les deux portes s'étaient refermées.

Le gros des marmots enfin se dispersa, et le commandant appela d'une voix forte :

« Monsieur de Varnetot ? »

Une fenêtre du premier étage s'ouvrit, M. de Varnetot parut.

Le commandant reprit :

« Monsieur, vous savez les grands événements qui viennent de changer la face du gouvernement. Celui que vous représentiez n'est plus. Celui que je représente monte au pouvoir. En ces circonstances douloureuses, mais décisives, je viens vous demander, au nom de la nouvelle République, de remettre en mes mains les fonctions dont vous avez été investi par le précédent pouvoir. »

M. de Varnetot répondit :

« Monsieur le Docteur, je suis maire de Canneville, nommé par l'autorité compétente, et je resterai maire de Canneville tant que je n'aurai pas été révoqué et remplacé par un arrêté de mes supérieurs. Maire, je suis chez moi dans la mairie, et j'y reste. Au surplus, essayez de m'en faire sortir. »

Et il referma la fenêtre.

Le commandant retourna vers sa troupe. Mais, avant de s'expliquer, toisant du haut en bas le lieutenant Picart.

« Vous êtes un crâne, vous, un fameux lapin, la honte de l'armée. Je vous casse de votre grade. »

Le lieutenant répondit :

« Je m'en fiche un peu. »

Et il alla se mêler au groupe murmurant des habitants.

Alors le docteur hésita. Que faire ? Donner l'assaut ? Mais ses hommes marcheraient-ils ? Et puis, en avait-il le droit ?

Une idée l'illumina. Il courut au télégraphe dont le bureau faisait face à la mairie, de l'autre côté de la place. Et il expédia trois dépêches :

A MM. les membres du gouvernement républicain, à Paris;

A M. le nouveau préfet républicain de la Seine-Inférieure, à Rouen;

A M. le nouveau sous-préfet républicain de Dieppe.

Il exposait la situation, disait le danger couru par la commune demeurée aux mains de l'ancien maire monarchiste, offrait ses services dévoués, demandait des ordres et signait en faisant suivre son nom de tous ses titres.

Puis il revint vers son corps d'armée et, tirant dix francs de sa poche : « Tenez, mes amis, allez manger et boire un coup; laissez seulement ici un détachement de dix hommes pour que personne ne sorte de la mairie. »

Mais l'ex-lieutenant Picart, qui causait avec l'horloger, entendit; il se mit à ricaner et prononça : « Pardi, s'ils sortent, ce sera une occasion d'entrer. Sans ça, je ne vous vois pas encore là dedans, moi ! »

Le docteur ne répondit pas, et il alla déjeuner.

Dans l'après-midi, il disposa des postes tout autour de la commune, comme si elle était menacée d'une surprise.

Il passa plusieurs fois devant les portes de la maison de ville et de l'église sans rien remarquer de suspect; on aurait cru vides ces deux bâtiments.

Le boucher, le boulanger et le pharmacien rouvrirent leurs boutiques.

On jasait beaucoup dans les logis. Si l'empereur était prisonnier, il y avait quelque traîtrise là-dessous. On ne savait pas au juste laquelle des républiques était revenue.

La nuit tomba.

Vers neuf heures, le docteur s'approcha seul, sans bruit, de l'entrée du bâtiment communal, persuadé que son adversaire était parti se coucher; et, comme il se disposait à enfoncer la porte à coups de pioche, une voix forte, celle d'un garde, demanda tout à coup :

« Qui va là ? »

Et M. Massarel battit en retraite à toutes jambes.

Le jour se leva sans que rien fût changé dans la situation. La milice en armes occupait la place. Tous les habitants

s'étaient réunis autour de cette troupe, attendant une solution
Ceux des villages voisins arrivaient pour voir.

Alors, le docteur, comprenant qu'il jouait sa réputation
résolut d'en finir d'une manière ou d'une autre; et il allai
prendre une résolution quelconque, énergique assurément
quand la porte du télégraphe s'ouvrit et la petite servante de la
directrice parut, tenant à la main deux papiers.

Elle se dirigea d'abord vers le commandant et lui remit un
des dépêches; puis, traversant le milieu désert de la place, inti
midée par tous les yeux fixés sur elle, baissant la tête et trottan
menu, elle alla frapper doucement à la maison barricadée
comme si elle eût ignoré qu'un parti armé s'y cachait.

L'huis s'entre-bâilla; une main d'homme reçut le message, e
la fillette revint, toute rouge, prête à pleurer, d'être dévisagée
ainsi par le pays entier.

Le docteur demanda d'une voix vibrante :

« Un peu de silence, s'il vous plaît. »

Et comme le populaire s'était tu, il reprit fièrement :

« Voici la communication que je reçois du gouvernement. »
Et, élevant sa dépêche, il lut :

« Ancien maire révoqué. Veuillez aviser au plus pressé.
Recevrez instructions ultérieures.

» *Pour le sous-préfet,*

« Sapin, conseiller. »

Il triomphait; son cœur battait de joie; ses mains tremblaient,
mais Picart, son ancien subalterne, lui cria d'un groupe voisin :

« C'est bon, tout ça; mais si les autres ne sortent pas, ça vous
fait une belle jambe, votre papier. »

Et M. Massarel pâlit. Si les autres ne sortaient pas, en effet, il
fallait aller de l'avant maintenant. C'était non seulement son
droit, mais aussi son devoir.

Et il regardait anxieusement la mairie, espérant qu'il allait
voir la porte s'ouvrir et son adversaire se replier.

La porte restait fermée. Que faire ? la foule augmentait, se
serrait autour de la milice. On riait.

Une réflexion surtout torturait le médecin. S'il donnait l'assaut, il faudrait marcher à la tête de ses hommes; et comme, lui mort, toute contestation cesserait, c'était sur lui, sur lui seul que tireraient M. de Varnetot et ses trois gardes. Et ils tiraient bien, très bien; Picart venait encore de le lui répéter. Mais une idée l'illumina et, se tournant vers Pommel :

« Allez vite prier le pharmacien de me prêter une serviette et un bâton. »

Le lieutenant se précipita.

Il allait faire un drapeau parlementaire, un drapeau blanc dont la vue réjouirait peut-être le cœur légitimiste de l'ancien maire.

Pommel revint avec le linge demandé et un manche à balai. Au moyen de ficelles, on organisa cet étendard que M. Massarel saisit à deux mains; et il s'avança de nouveau vers la mairie en le tenant devant lui. Lorsqu'il fut en face de la porte, il appela encore : « Monsieur de Varnetot. » La porte s'ouvrit soudain, et M. de Varnetot apparut sur le seuil avec ses trois gardes.

Le docteur recula par un mouvement instinctif; puis, il salua courtoisement son ennemi et prononça, étranglé par l'émotion : « Je viens, Monsieur, vous communiquer les instructions que j'ai reçues. »

Le gentilhomme, sans lui rendre son salut, répondit : « Je me retire, Monsieur, mais sachez bien que ce n'est ni par crainte, ni par obéissance à l'odieux gouvernement qui usurpe le pouvoir. » Et, appuyant sur chaque mot, il déclara : « Je ne veux pas avoir l'air de servir un seul jour la République. Voilà tout. »

Massarel, interdit, ne répondit rien; et M. de Varnetot, se mettant en marche d'un pas rapide, disparut au coin de la place, suivi toujours de son escorte.

Alors le docteur, éperdu d'orgueil, revint vers la foule. Dès qu'il fut assez près pour se faire entendre, il cria : « Hurrah ! hurrah ! La République triomphe sur toute la ligne. »

Aucune émotion ne se manifesta.

Le médecin reprit : « Le peuple est libre, vous êtes libres, indépendants. Soyez fiers ! »

Les villageois inertes le regardaient sans qu'aucune gloir illuminât leurs yeux.

A son tour, il les contempla, indigné de leur indifférence cherchant ce qu'il pourrait dire, ce qu'il pourrait faire pou frapper un grand coup, électriser ce pays placide, remplir s mission d'initiateur.

Mais une inspiration l'envahit et, se tournant vers Pommel « Lieutenant, allez chercher le buste de l'ex-empereur qui es dans la salle des délibérations du conseil municipal, et apportez-l avec une chaise. »

Et bientôt l'homme reparut portant sur l'épaule droite l Bonaparte de plâtre, et tenant de la main gauche une chaise d paille.

M. Massarel vint au-devant de lui, prit la chaise, la posa pa terre, plaça dessus le buste blanc, puis se reculant de quelque pas, l'interpella d'une voix sonore :

« Tyran, tyran, te voici tombé, tombé dans la boue, tomb dans la fange. La patrie expirante râlait sous ta botte. Le Destin vengeur t'a frappé. La défaite et la honte se sont attachées : toi; tu tombes vaincu, prisonnier du Prussien; et, sur les ruine de ton empire croulant, la jeune et radieuse République se dresse ramassant ton épée brisée... »

Il attendait des applaudissements. Aucun cri, aucun battemen de mains n'éclata. Les paysans effarés se taisaient; et le bust aux moustaches pointues qui dépassaient les joues de chaqu côté, le buste immobile et bien peigné comme une enseign de coiffeur, semblait regarder M. Massarel avec son sourire d plâtre, un sourire ineffaçable et moqueur.

Ils demeuraient ainsi face à face, Napoléon sur sa chaise, l médecin debout, à trois pas de lui. Une colère saisit le comman dant. Mais que faire ? que faire pour émouvoir ce peuple e gagner définitivement cette victoire de l'opinion ?

Sa main, par hasard, se posa sur son ventre, et il rencontra sous sa ceinture rouge, la crosse de son revolver.

Aucune inspiration, aucune parole ne lui venaient plus. Alors il tira son arme, fit deux pas et, bout portant, foudroya l'ancien monarque.

La balle creusa dans le front un petit trou noir, pareil à une tache, presque rien. L'effet était manqué. M. Massarel tira un second coup, qui fit un second trou, puis un troisième, puis, sans s'arrêter, il lâcha les trois derniers. Le front de Napoléon volait en poussière blanche, mais les yeux, le nez et les fines pointes de moustaches restaient intacts.

Alors, exaspéré, le docteur renversa la chaise d'un coup de poing et, appuyant un pied sur le reste du buste, dans une position de triomphateur, il se tourna vers le public abasourdi en vociférant : « Périssent ainsi tous les traîtres ! »

Mais comme aucun enthousiasme ne se manifestait encore, comme les spectateurs semblaient stupides d'étonnement, le commandant cria aux hommes de la milice : « Vous pouvez maintenant regagner vos foyers. » Et il se dirigea lui-même à grands pas vers sa maison, comme s'il eût fui.

Sa bonne, dès qu'il parut, lui dit que des malades l'attendaient depuis plus de trois heures dans son cabinet. Il y courut. C'étaient les deux paysans aux varices, revenus dès l'aube, obstinés et patients.

Et le vieux aussitôt reprit son explication : « Ça a commencé par des fourmis qui me couraient censément le long des jambes... »

L'AVENTURE
DE WALTER SCHNAFFS

A Robert Pinchon.

Depuis son entrée en France avec l'armée d'invasion, Walter Schnaffs se jugeait le plus malheureux des hommes. Il était gros, marchait avec peine, soufflait beaucoup et souffrait affreusement des pieds qu'il avait fort plats et fort gras. Il était en outre pacifique et bienveillant, nullement magnanime ou sanguinaire, père de quatre enfants qu'il adorait et marié avec une jeune femme blonde, dont il regrettait désespérément chaque soir les tendresses, les petits soins et les baisers. Il aimait se lever tard et se coucher tôt, manger lentement de bonnes choses et boire de la bière dans les brasseries. Il songeait en outre que tout ce qui est doux dans l'existence disparaît avec la vie; et il gardait au cœur une haine épouvantable, instinctive et raisonnée en même temps, pour les canons, les fusils, les revolvers et les sabres, mais surtout pour les baïonnettes, se sentant incapable de manœuvrer assez vivement cette arme rapide pour défendre son gros ventre.

Et, quand il se couchait sur la terre, la nuit venue, roulé dans son manteau à côté des camarades qui ronflaient, il pensait longuement aux siens laissés là-bas et aux dangers semés sur sa route : « S'il était tué, que deviendraient les petits ? Qui donc les nourrirait et les élèverait ? A l'heure même, ils n'étaient pas riches, malgré les dettes qu'il avait contractées en partant pour leur laisser quelque argent. » Et Walter Schnaffs pleurait quelquefois.

Au commencement des batailles il se sentait dans les jambes
de telles faiblesses qu'il se serait laissé tomber, s'il n'avait songé
que toute l'armée lui passerait sur le corps. Le sifflement des
balles hérissait le poil sur sa peau.

Depuis des mois il vivait ainsi dans la terreur et dans l'angoisse.

Son corps d'armée s'avançait vers la Normandie; et il fut un
jour envoyé en reconnaissance avec un faible détachement qui
devait simplement explorer une partie du pays et se replier
ensuite. Tout semblait calme dans la campagne; rien n'indiquait une résistance préparée.

Or, les Prussiens descendaient avec tranquillité dans une
petite vallée que coupaient des ravins profonds quand une
fusillade violente les arrêta net, jetant bas une vingtaine des
leurs; et une troupe de francs-tireurs, sortant brusquement
d'un petit bois grand comme la main, s'élança en avant, la baïonnette au fusil.

Walter Schnaffs demeura d'abord immobile, tellement surpris
et éperdu qu'il ne pensait même pas à fuir. Puis un désir fou
de détaler le saisit; mais il songea aussitôt qu'il courait comme
une tortue en comparaison des maigres Français qui arrivaient en
bondissant comme un troupeau de chèvres. Alors, apercevant à
six pas devant lui un large fossé plein de broussailles couvertes
de feuilles sèches, il y sauta à pieds joints, sans songer même à
la profondeur, comme on saute d'un pont dans une rivière.

Il passa, à la façon d'une flèche, à travers une couche épaisse
de lianes et de ronces aiguës qui lui déchirèrent la face et les
mains, et il tomba lourdement assis sur un lit de pierres.

Levant aussitôt les yeux, il vit le ciel par le trou qu'il avait
fait. Ce trou révélateur le pouvait dénoncer, et il se traîna avec
précaution, à quatre pattes, au fond de cette ornière, sous le
toit de branchages enlacés, allant le plus vite possible, en s'éloignant du lieu du combat. Puis il s'arrêta et s'assit de nouveau,
tapi comme un lièvre au milieu des hautes herbes sèches.

Il entendit pendant quelque temps encore des détonations,
des cris et des plaintes. Puis les clameurs de la lutte s'affaiblirent,
cessèrent. Tout redevint muet et calme.

Soudain quelque chose remua contre lui. Il eut un sursau
épouvantable. C'était un petit oiseau qui, s'étant posé sur un
branche, agitait des feuilles mortes. Pendant près d'une heure
le cœur de Walter Schnaffs en battit à grands coups pressé:

La nuit venait, emplissant d'ombre le ravin. Et le soldat s
mit à songer. Qu'allait-il faire ? Qu'allait-il devenir ? Rejoind
son armée ?... Mais comment ? Mais par où ? Et il lui faudra
recommencer l'horrible vie d'angoisses, d'épouvantes, d
fatigues et de souffrances qu'il menait depuis le commence
ment de la guerre ! Non ! Il ne se sentait plus ce courage !
n'aurait plus l'énergie qu'il fallait pour supporter les marche
et affronter les dangers de toutes les minutes.

Mais que faire ? Il ne pouvait rester dans ce ravin et s'
cacher jusqu'à la fin des hostilités. Non, certes. S'il n'avait p
fallu manger, cette perspective ne l'aurait pas trop atterré; ma
il fallait manger, manger tous les jours.

Et il se trouvait ainsi tout seul, en armes, en uniforme, sur
territoire ennemi, loin de ceux qui le pouvaient défendre. D
frissons lui couraient sur la peau.

Soudain il pensa : « Si seulement j'étais prisonnier ! » et so
cœur frémit de désir, d'un désir violent, immodéré, d'êt
prisonnier des Français. Prisonnier ! Il serait sauvé, nourri, log
à l'abri des balles et des sabres, sans appréhension possib
dans une bonne prison bien gardée. Prisonnier ! Quel rêve !

Et sa résolution fut prise immédiatement :

« Je vais me constituer prisonnier. »

Il se leva, résolu à exécuter ce projet sans tarder d'une minut
Mais il demeura immobile, assailli soudain par des réflexio
fâcheuses et par des terreurs nouvelles.

Où allait-il se constituer prisonnier ? Comment ? De qu
côté ? Et des images affreuses, des images de mort, se précip
tèrent dans son âme.

Il allait courir des dangers terribles en s'aventurant seul av
son casque à pointe, par la campagne.

S'il rencontrait des paysans ? Ces paysans, voyant un Prussi
perdu, un Prussien sans défense, le tueraient comme un chi
errant ! Ils le massacreraient avec leurs fourches, leurs pioch

leurs faux, leurs pelles ! Ils en feraient une bouillie, une pâtée, avec l'acharnement des vaincus exaspérés.

S'il rencontrait des francs-tireurs ? Ces francs-tireurs, des enragés sans loi ni discipline, le fusilleraient pour s'amuser, pour passer une heure, histoire de rire en voyant sa tête. Et il se croyait déjà appuyé contre un mur en face de douze canons de fusils, dont les petits trous ronds et noirs semblaient le regarder.

S'il rencontrait l'armée française elle-même ? Les hommes d'avant-garde le prendraient pour un éclaireur, pour quelque hardi et malin troupier parti seul en reconnaissance, et ils lui tireraient dessus. Et il entendait déjà les détonations irrégulières des soldats couchés dans les broussailles, tandis que lui, debout au milieu d'un champ, s'affaissait, troué comme une écumoire par les balles qu'il sentait dans sa chair.

Il se rassit, désespéré. Sa situation lui paraissait sans issue.

La nuit était tout à fait venue, la nuit muette et noire. Il ne bougeait plus, tressaillant à tous les bruits inconnus et légers qui passent dans les ténèbres. Un lapin, tapant du cul au bord d'un terrier, faillit faire s'enfuir Walter Schnaffs. Les cris des chouettes lui déchiraient l'âme, le traversant de peurs soudaines, douloureuses comme des blessures. Il écarquillait ses gros yeux pour tâcher de voir dans l'ombre ; et il s'imaginait à tout moment entendre marcher près de lui.

Après d'interminables heures et des angoisses de damné, il aperçut, à travers son plafond de branchages, le ciel qui devenait clair. Alors un soulagement immense le pénétra ; ses membres se détendirent, reposés soudain ; son cœur s'apaisa ; ses yeux se fermèrent. Il s'endormit.

Quand il se réveilla, le soleil lui parut arrivé à peu près au milieu du ciel ; il devait être midi. Aucun bruit ne troublait la paix morne des champs ; et Walter Schnaffs s'aperçut qu'il était atteint d'une faim aiguë.

Il bâillait, la bouche humide à la pensée du saucisson, du bon saucisson des soldats ; et son estomac lui faisait mal.

Il se leva, fit quelques pas, sentit que ses jambes étaient faibles, et se rassit pour réfléchir. Pendant deux ou trois heures encore,

il établit le pour et le contre, changeant à tout moment de résolution, combattu, malheureux, tiraillé par les raisons les plus contraires.

Une idée lui parut enfin logique et pratique, c'était de guetter le passage d'un villageois seul, sans armes, et sans outils de travail dangereux, de courir au-devant de lui et de se remettre en ses mains en lui faisant bien comprendre qu'il se rendait.

Alors il ôta son casque, dont la pointe le pouvait trahir, et il sortit sa tête au bord de son trou, avec des précautions infinies.

Aucun être isolé ne se montrait à l'horizon. Là-bas, à droite, un petit village envoyait au ciel la fumée de ses toits, la fumée des cuisines ! Là-bas à gauche, il apercevait, au bout des arbres d'une avenue, un grand château flanqué de tourelles.

Il attendit jusqu'au soir, souffrant affreusement, ne voyant rien que des vols de corbeaux, n'entendant rien que les plaintes sourdes de ses entrailles.

Et la nuit encore tomba sur lui.

Il s'allongea au fond de sa retraite et il s'endormit d'un sommeil fiévreux, hanté de cauchemars, d'un sommeil d'homme affamé.

L'aurore se leva de nouveau sur sa tête. Il se remit en observation. Mais la campagne restait vide comme la veille; et une peur nouvelle entrait dans l'esprit de Walter Schnaffs, la peur de mourir de faim ! Il se voyait étendu au fond de son trou, sur le dos, les deux yeux fermés. Puis des bêtes, des petites bêtes de toute sorte s'approchaient de son cadavre et se mettaient à le manger, l'attaquant partout à la fois, se glissant sous ses vêtements pour mordre sa peau froide. Et un grand corbeau lui piquait les yeux de son bec effilé.

Alors, il devint fou, s'imaginant qu'il allait s'évanouir de faiblesse et ne plus pouvoir marcher. Et déjà, il s'apprêtait à s'élancer vers le village, résolu à tout oser, à tout braver, quand il aperçut trois paysans qui s'en allaient aux champs avec leurs fourches sur l'épaule, et il se replongea dans sa cachette.

Mais, dès que le soir obscurcit la plaine, il sortit lentement du fossé, et se mit en route, courbé, craintif, le cœur battant, vers le château lointain, préférant entrer là dedans plutôt qu'au

village qui lui semblait redoutable comme une tanière pleine de tigres.

Les fenêtres d'en bas brillaient. Une d'elles était même ouverte; et une forte odeur de viande cuite s'en échappait, une odeur qui pénétra brusquement dans le nez et jusqu'au fond du ventre de Walter Schnaffs; qui le crispa, le fit haleter, l'attirant irrésistiblement, lui jetant au cœur une audace désespérée.

Et brusquement, sans réfléchir, il apparut, casqué, dans le cadre de la fenêtre.

Huit domestiques dînaient autour d'une grande table. Mais soudain une bonne demeura béante, laissant tomber son verre, les yeux fixes. Tous les regards suivirent le sien !

On aperçut l'ennemi !

Seigneur ! les Prussiens attaquaient le château !...

Ce fut d'abord un cri, un seul cri, fait de huit cris poussés sur huit tons différents, un cri d'épouvante horrible, puis une levée tumultueuse, une bousculade, une mêlée, une fuite éperdue vers la porte du fond. Les chaises tombaient, les hommes renversaient les femmes et passaient dessus. En deux secondes, la pièce fut vide, abandonnée, avec la table couverte de mangeaille en face de Walter Schnaffs stupéfait, toujours debout dans sa fenêtre.

Après quelques instants d'hésitation, il enjamba le mur d'appui et s'avança vers les assiettes. Sa faim exaspérée le faisait trembler comme un fiévreux : mais une terreur le retenait, le paralysait encore. Il écouta. Toute la maison semblait frémir; des portes se fermaient, des pas rapides couraient sur le plancher du dessus. Le Prussien inquiet tendait l'oreille à ces confuses rumeurs; puis il entendit des bruits sourds comme si des corps fussent tombés dans la terre molle, au pied des murs, des corps humains sautant du premier étage.

Puis tout mouvement, toute agitation cessèrent, et le grand château devint silencieux comme un tombeau.

Walter Schnaffs s'assit devant une assiette restée intacte, et il se mit à manger. Il mangeait par grandes bouchées comme s'il eût craint d'être interrompu trop tôt, de n'en pouvoir engloutir assez. Il jetait à deux mains les morceaux dans sa bouche ouverte

127

comme une trappe; et des paquets de nourriture lui descendaient coup sur coup dans l'estomac, gonflant sa gorge en passant. Parfois, il s'interrompait, prêt à crever à la façon d'un tuyau trop plein. Il prenait alors la cruche au cidre et se déblayait l'œsophage comme on lave un conduit bouché.

Il vida toutes les assiettes, tous les plats et toutes les bouteilles; puis, saoul de liquide et de mangeaille, abruti, rouge, secoué par des hoquets, l'esprit troublé et la bouche grasse, il déboutonna son uniforme pour souffler, incapable d'ailleurs de faire un pas. Ses yeux se fermaient, ses idées s'engourdissaient; il posa son front pesant dans ses bras croisés sur la table, et il perdit doucement la notion des choses et des faits.

Le dernier croissant éclairait vaguement l'horizon au-dessus des arbres du parc. C'était l'heure froide qui précède le jour.

Des ombres glissaient dans les fourrés, nombreuses et muettes; et parfois, un rayon de lune faisait reluire dans l'ombre une pointe d'acier.

Le château tranquille dressait sa grande silhouette noire. Deux fenêtres seules brillaient encore au rez-de-chaussée.

Soudain, une voix tonnante hurla :

« En avant ! nom d'un nom ! à l'assaut ! mes enfants ! »

Alors, en un instant, les portes, les contrevents et les vitres s'enfoncèrent sous un flot d'hommes qui s'élança, brisa, creva tout, envahit la maison. En un instant cinquante soldats armés jusqu'aux cheveux, bondirent dans la cuisine où reposait pacifiquement Walter Schnaffs, et, lui posant sur la poitrine cinquante fusils chargés, le culbutèrent, le roulèrent, le saisirent, le lièrent des pieds à la tête.

Il haletait d'ahurissement, trop abruti pour comprendre, battu, crossé et fou de peur.

Et tout d'un coup, un gros militaire chamarré d'or lui planta son pied sur le ventre en vociférant :

« Vous êtes mon prisonnier, rendez-vous ! »

Le Prussien n'entendit que ce seul mot « prisonnier », et il gémit : « *ya, ya, ya* ».

Il fut relevé, ficelé sur une chaise, et examiné avec une vive curiosité par ses vainqueurs qui soufflaient comme des baleines. Plusieurs s'assirent, n'en pouvant plus d'émotion et de fatigue.

Il souriait, lui, il souriait maintenant, sûr d'être enfin prisonnier !

Un autre officier entra et prononça :

« Mon colonel, les ennemis se sont enfuis; plusieurs semblent avoir été blessés. Nous restons maîtres de la place. »

Le gros militaire qui s'essuyait le front vociféra : « Victoire ! »

Et il écrivit sur un petit agenda de commerce tiré de sa poche :

« Après une lutte acharnée, les Prussiens ont dû battre en retraite, emportant leurs morts et leurs blessés, qu'on évalue à cinquante hommes hors de combat. Plusieurs sont restés entre nos mains. »

Le jeune officier reprit :

« Quelles dispositions dois-je prendre, mon colonel ? »

Le colonel répondit :

« Nous allons nous replier pour éviter un retour offensif avec de l'artillerie et des forces supérieures. »

Et il donna l'ordre de repartir.

La colonne se reforma dans l'ombre, sous les murs du château, et se mit en mouvement, enveloppant de partout Walter Schnaffs garrotté, tenu par six guerriers le revolver au poing.

Des reconnaissances furent envoyées pour éclairer la route. On avançait avec prudence, faisant halte de temps en temps.

Au jour levant, on arrivait à la sous-préfecture de La Roche-Oysel, dont la garde nationale avait accompli ce fait d'armes.

La population anxieuse et surexcitée attendait. Quand on aperçut le casque du prisonnier, des clameurs formidables éclatèrent. Les femmes levaient les bras; des vieilles pleuraient; un aïeul lança sa béquille au Prussien et blessa le nez d'un de ses gardiens.

Le colonel hurlait.

« Veillez à la sûreté du captif. »

On parvint enfin à la maison de ville. La prison fut ouverte, et Walter Schnaffs jeté dedans, libre de liens.

Deux cents hommes en armes montèrent la garde autour du bâtiment.

Alors, malgré des symptômes d'indigestion qui le tourmentaient depuis quelque temps, le Prussien, fou de joie, se mit à danser, à danser éperdument, en levant les bras et les jambes, à danser en poussant des cris frénétiques, jusqu'au moment où il tomba, épuisé au pied d'un mur.

Il était prisonnier ! Sauvé !

C'est ainsi que le château de Champignet fut repris à l'ennemi après six heures seulement d'occupation.

Le colonel Ratier, marchand de drap, qui enleva cette affaire à la tête des gardes nationaux de La Roche-Oysel, fut décoré.

NOTES

The marginal figures refer to pages in the text. Words and phrases adequately dealt with in Harrap's Shorter French and English Dictionary are not listed here.

Boule de Suif

First published by Charpentier in the volume of short stories, *Les Soirées de Médan*, April 1880.

50 **Boule de Suif**: 'Roly-Poly', 'Fatty' (literally, 'Ball of Tallow').

des lambeaux d'armée en déroute: 'straggling remnants of a defeated army'.

des hordes débandées: 'a disorderly rabble' (*se débander*, 'to break ranks in disorder').

d'une allure molle: 'wearily', 'lifelessly'.

mobilisés: 'reservists'.

des petits moblots: 'young soldiers of the *Garde Mobile*', a special formation raised in 1868 and composed of young men who had not done military service (see Introduction, p. 5). *Moblot*: slang. For partitive *des* used with an adjective preceding a noun, see Mansion's *Grammar of Present Day French* (Harrap), § 171, Notes, (a).

culottes rouges: worn by the greater part of the French Army until replaced by *bleu horizon* early in World War 1.

moulue: 'cut to pieces' (*moudre*, literally 'to grind').

sombres: 'in dark uniform'; artillerymen wore grey.

lignards: 'soldiers of line regiments', i.e., infantrymen.

francs-tireurs: 'guerrillas' (see Introduction, p. 6).

"les Partageurs de la Mort": "The Brotherhood of Death".

anciens commerçants en draps ou en graines: 'forme drapers or corn-dealers'; see *L'Aventure de Walter Schnaffs*, p 130, re Colonel Ratier.

guerriers de circonstance: 'temporary warriors'.

51 **La Garde nationale**: Originally founded during the Frencl Revolution, it became a part-time anti-riot organisation recruited from middle-class citizens, towards the middle o the nineteenth century. It was eventually mobilised for loca defence against the Prussians.

Pont-Audemer . . . Saint-Sever . . . Bourg-Achard: vil lages down-river from Rouen.

des loques disparates: 'these motley remnants'.

la grande débâcle d'un peuple habitué à vaincre: 'th total collapse of a nation accustomed to victory'. The Frencl had conquered Algeria, been on the winning side in th Crimea and had driven the Austrians out of Italy. Zola's nove about the Franco-Prussian War is entitled *La Debâcle*.

bedonnants: 'corpulent', 'pot-bellied'; this view of th French bourgeois becomes one of Maupassant's stereotypes, a in *Un Duel*.

uhlans: German cavalry, usually lancers, employed in recon naissance.

la côte Sainte-Catherine: rising ground overlooking th town; *côte* (here) literally, 'hill'.

Darnetal: a small town about two miles from Rouen.

Boisguillaume: a nearby village.

52 **pavés**: 'cobblestones'.

leur pas dur et rythmé: 'their heavy measured tread'.

la cité: French does not distinguish between a 'city' and

'town', and 'city status' as such does not exist in France; the equivalent of a city is simply a *ville*, or in certain contexts a *grande ville*. Apart from such special cases as Rome (*la Cité Éternelle*), the oldest part of Paris (hence *l'Ile de la Cité*) and the commercial and financial *Cité de Londres*, the word *cité* is used of a community, however small.

par le "droit de guerre": 'according to the "rules of war",' 'by "right of conquest" '. The inverted commas indicate Maupassant's scepticism.

remerciant un Dieu au son du canon: 'thanking a God to the accompaniment of the cannon's roar'; a clear expression of the author's detestation of war and of his very modern revulsion against the association of war and religion. The hymn *Nun danket alle Gott* ("Now Thank We All Our God") was one of those sung in public by the victorious Prussian troops in France.

disait sa répugnance: 'spoke of his repugnance'.

−53 **la témérité n'est plus un défaut des bourgeois de Rouen**: 'reckless bravery is no longer a weakness of the middle classes in Rouen'. This piece of sarcasm is a reminder that Maupassant shared Flaubert's contempt for the bourgeoisie. The passage contains more than a hint of potential 'collaboration' with the enemy.

53 **On se disait enfin, raison suprême tirée de l'urbanité française, qu'il demeurait bien permis d'être poli dans son intérieur . . .**: 'They fell back on a final argument, based on traditional French courtesy, according to which it was still permissible to behave politely in one's own home . . .'

Au dehors on ne se connaissait plus: 'Out of doors they ignored one another'.

au foyer commun: 'at the fireside shared with their hosts'.

les officiers de hussards bleus: 'the officers of the Blue Hussars' (an élite regiment of light cavalry).

leurs grands outils de mort: i.e., their long sabres (the sabre, with its cutting edge, was the sword used by the cavalry).

l'odeur de l'invasion: See Introduction, p. 37.

riches d'ailleurs . . . etc: another side-swipe at the money-minded Norman bourgeois. Oddly enough, Maupassant himself, brought up in a typically Norman middle-class environment, was no idealist in this respect, and according to Paul Alexis money often cropped up in conversations with him.

à deux ou trois lieues sous la ville: 'two or three leagues downstream from the town'. The obsolete *lieue* corresponded roughly to four kilometres, so the distance was between five and seven or eight miles.

Croisset, Dieppedalle ou Biessart: local villages; Maupassant's great teacher, Flaubert, lived at Croisset, on the outskirts of Rouen.

gonflé: 'bloated'.

tué d'un coup de savate: 'kicked to death'; *savate*, literally 'old, worn-out shoe', also stands for a form of foot-boxing rather like modern karate.

la haine de l'Étranger arme toujours quelques Intrépides, prêts à mourir pour une Idée: The capital letters suggest the irony of *"la Religion . . . les Principes"* on p. 57, but the preceding sentence honours these representatives of Resistance.

54 **aucune des horreurs, etc.**: This apparent rejection of contemporary horror stories suggests an objective attitude to the invader, together with a shrewd indication of the hardheaded determination, for Maupassant typical of the local bourgeoisie, to get back to 'business as usual'.

la neige: The snow contributes to the atmosphere of the story but it also explains why the travellers will be unable to escape on foot from their captors.

pleins de sommeil: 'very sleepy'.

si les Prussiens approchent du Havre: the verb *approcher* used without *s(e)* in the case of trains, buses, aeroplanes, troops on the march, etc.

complexion: 'character'.

amortis: 'deadened'; strictly speaking the sound of stamping is deadened, not the hoofs.

55 **Un léger murmure de grelots**: 'A faint tinkle of bells' (*grelot*; the small spherical bell found on harness).

un frémissement clair et continu: 'a distinct and continuous rustling sound'.

rythmé par: 'keeping time with'.

poudrait les choses d'une mousse de glace: 'covering everything with a sifting as of white icy moss'.

ce froissement vague, innommable et flottant de la neige qui tombe, plutôt sensation que bruit: 'floating in the air, the faint indefinable whisper of falling snow, felt rather than heard'; a striking example of Maupassant's occasional impressionistic style, in this case expressing delicate sensations through the fusing of sight and sound, together with a subtle suggestion of touch.

dans le fond: In a French *diligence*, different in construction and appearance from an English stage-coach, passengers sat in two rows along the sides of the elongated vehicle, facing one another as in the London Tube.

charbon chimique: 'patent (i.e., chemically treated) charcoal'.

56 **le coffre entier**: 'the whole body' (of the coach).

croupe rebondie: 'bulging hindquarters'.

se tendait alors sous un effort plus violent: 'then strained forward more vigorously than ever'.

Rouennais pur sang: 'a true (literally, 'thoroughbred') son of Rouen'; i.e., there were cotton-mills in the city, and the simile would occur naturally to him.

fables: 'stories'; presumably satirical, in view of his "esprit mordant et fin" ("subtle and mordant wit").

une gloire locale: 'a local celebrity'.

"Loiseau vole": a pun on Loiseau's name, on the double meaning of *voler* ('to fly', but also 'to steal'), on the name of a children's game and on the man's shady reputation. In the game, *Pigeon Vole*, one player reels off a list of words, and the

135

others have to raise a finger every time something is named which is capable of flying.

le mot: 'the quip', 'the witticism'.

De taille exiguë: 'Short in stature'; note the *tréma* ('diaeresis indicating that the *u* must be pronounced.

57 **était l'ordre et l'arithmétique de la maison de commerce** 'personified the book-keeping and general efficiency of th business'.

posé dans les cotons: 'prominent in the cotton industry **Légion d'Honneur**: Created by Napoleon I in 1802, th *Légion d'Honneur* is roughly the French equivalent of the Orde of the British Empire. *Officiers* wear a red rosette in the button-holes. Maupassant was offered the honour, bu declined it (Pléiade ed., p. xv).

membre du Conseil Général: i.e., he sat on the equivalen of a British County Council.

l'Empire: i.e., the Second Empire (1851–1870).

son ralliement à: 'his adhesion to', 'his decision to support based on *se rallier à*.

avec des armes courtoises: 'by gentlemanly means'.

de grande tournure: 'of distinguished appearance', 'o impressive bearing'.

s'efforçait d'accentuer, par les artifices de sa toilette 'strove with the help of every artificial aid of his daily toilet t accentuate'; the word *toilette* in this context often include details of dress, but in view of the time-factor this woul hardly apply here.

le roy Henri IV: King of France from 1589 to 1610, havin already been King of Navarre, and one of France's mos distinguished monarchs, Henri IV was nicknamed *le Ver Galant* ('the Evergreen Lady's Man') in recognition of amor ous adventures continued well into old age. The archai spelling, *roy*, is a little joke on Maupassant's part.

avait rendu grosse: 'had made pregnant'. Agreement o *rendu* with its feminine antecedent is not strictly necessary, a the sense is incomplete without the word *grosse*; see Grevisse

Le Bon Usage, Duculot and Geuthner, § 789.

le parti orléaniste: i.e., the party supporting the lost cause of the junior branch of the Royal Family headed by the Duc d'Orléans. The only member of the branch to have reigned over France, Louis-Philippe, had been driven from the throne in 1848 and had died in England two years later.

recevait mieux que personne: 'was without her equal as a hostess'.

lui faisait fête: 'made her welcome'.

son salon demeurait le premier du pays: 'her receptions remained the smartest in the district'.

la vieille galanterie: 'the courtly traditions of former times'.

et dont l'entrée fut difficile: 'and to which invitations were hard to come by'; the past historic tense is used here to indicate a point in time, rather than duration.

cinq cent mille livres de rente: 'five hundred thousand francs a year'. The *livre* had long been replaced by the *franc*, but French people continued to use the old term, like the word *sou* in the twentieth century. The income mentioned is enormous; Maupassant himself on appointment as a junior clerk was paid a monthly salary amounting to a mere 1500 francs a year.

formaient le fond de la voiture: See note to p. 55 on *dans le fond*.

des honnêtes gens autorisés: 'respectable people wielding authority'.

qui ont de la Religion et des Principes: an obviously ironical use of capital letters.

58 **encore**: 'also', 'in addition'.

deux bonnes sœurs: 'two nuns' (a traditional expression).

défoncée: 'pitted'.

une bordée de mitraille: 'a charge of small shot' (literally 'grapeshot').

rongée par cette foi dévorante: a characteristic glimpse of Maupassant's religious scepticism; he equates religious fervour with disease.

le démoc: 'the Lefty'; a mocking abbreviation of *démocrate* and a nickname given to members of the *Parti démocrate*, wel to the left of orthodox Republicans. See Introduction fo Maupassant's models for certain characters.

Au quatre septembre: i.e., on the day following th Emperor's surrender at Sedan. The date itself being *le quatr septembre*, which is also the normal equivalent of 'on 4t September', the *au* is used on the analogy of *à la Toussain* (i.e., *à la fête de la Toussaint*), 'on All-Saints' Day', etc.

demeurés seuls maîtres de la place: 'left in sole charge (*place*, or *place forte*, 'fortress').

bon garçon: 'a good-natured fellow'.

des trous: i.e., trenches or 'fox-holes' for defending riflemen.

galantes: 'loose', 'of easy virtue' (a euphemism applied tc prostitutes, cf. 'ladies of the town').

valu: 'earned'.

ronde de partout: 'as round as a ball'.

grasse à lard: 'as fat as a porker' (literally, 'bacon').

avec des doigts bouffis, étranglés aux palanges, pareils à des chapelets de courtes saucisses: 'with puffy fingers, constricted at the joints, like strings of little sausages'. A good example of Maupassant's eye for significant detail and of his 'feel' for the appropriate and typically Naturalist image, *saucisses* following logically from *lard* and ironically contrasting with the image of the rosary, unfortunately lost in this translation. The reverse of Romantic idealisation!

59 **des chuchotements coururent parmi les femmes honnêtes**: 'whispers circulated among the respectable women'.

"honte publique": "public scandal".

qui la guettait d'un air émoustillé: 'who was watching her with a look of keen admiration'.

Elles devaient faire, leur semblait-il, comme un faisceau de leurs dignités d'épouses': 'They felt it their duty to demonstrate, so to speak, their united dignity as married women'; *faisceau*, 'bundle', from Latin *fascis*, pl. *fasces*, the bundle of sticks or rods containing an axe, which was the

symbol of a magistrate's authority in ancient Rome and eventually (with the addition of a second axe) that of Fascist Italy.

cette vendue sans vergogne: 'this brazen hussy'; *vendue*, literally 'sold' but also 'traitress', neatly encapsulates a double meaning.

car l'amour légal le prend toujours de haut avec son libre confrère: 'for legitimate (i.e., married) love always looks down upon its liberated counterpart'; *confrères*, 'fellow-member of a profession'. The translation is hardly appropriate in this case, but the choice of noun reflects Maupassant's antipathy to marriage and his belief in *l'amour libre*: see Introduction, p. 22.

parlaient argent: 'talked of money matters'.

ton dédaigneux: 'tone of contempt'.

fort éprouvé: 'who had suffered a severe setback'.

qu'il se ménageait à toute occasion: 'which he kept in reserve at all times', 'which he always kept by him for emergencies'.

l'Intendance: 'the Commissariat'; i.e., the supply branch of the Army.

vins communs: 'low-grade wines'.

quatre lieues: i.e., about ten miles.

60 **Tôtes**: a small town about seventeen miles from Dieppe.

aucun marchand de vin: 'not a single wine-shop'; at the time the expression indicated a sort of popular café providing cheap meals as well as wine. Nowadays a wine-merchant is a *négociant en vins*.

coururent aux provisions: 'rushed off in search of provisions'.

rien à se mettre sous la dent: 'not a scrap to eat'.

crispée: 'drawn'.

on refusa froidement: i.e., on political grounds.

61 **"ça trompe l'appétit"**: "it takes the edge off your appetite", "it makes you feel less hungry".

comme sur le petit navire de la chanson: de manger le

plus gras des voyageurs: In the song *Il était un petit navi* (the little ship "qui n'avait ja-ja-jamais navigué . . ." etc.) is in fact decided to draw lots to decide on the victim, an thus the cabin-boy is about to be eaten when the fish them selves leap to his rescue and provide an abundant fry.

eut un sourire: 'smiled'.

tout découpés: 'ready-carved'.

avaient confit sous leur gelée: i.e., cold chicken in aspic The verb *confire*, 'to preserve', 'to pickle' (also 'to candy') normally transitive, and "et confits sous leur gelée" would b more appropriate.

"Régence": "Regency rolls".

tendus vers elle: 'turned towards her'.

élargissant les narines: 'causing nostrils to flare' (i.e., t twitch at the smell of food).

62 **Tantale**: 'Tantalus'. In Greek mythology Tantalus suffere the torment of a raging thirst while suspended by the gods i a lake. Each time he tried to drink the water receded, hen *infliger le supplice de Tantale à*, 'to tantalise'.

son front tomba: 'his head fell forward'.

Chacun perdait l'esprit: 'Everyone panicked'.

63 **"tout le monde est frère"**: "we're all in the same boat". Thi remark takes on an ironic significance at the end of the story.

"que diable!": "dash it all!"

le Rubicon passé: Julius Cæsar and his army crossed th River Rubicon on the frontier of Italy in 49 B.C., thu flouting a rule laid down by the Roman Senate and in effec declaring war; hence 'to cross the Rubicon' means to take a irrevocable decision.

on s'en donna carrément: 'they tucked in with a will'.

des poires de Crassane: 'Bergamot pears' (which kee) through the winter).

un pavé de Pont-l'Évêque: 'a slab of Pont-l'Évêque cheese (from the Norman town of that name).

petits-fours: 'fancy biscuits'.

64 **"Ils m'ont tourné le sang de colère"**: "They made my bloo boil".

casque à pointe: 'spiked helmet' (See Introduction, p. 7).

le monopole du patriotisme, etc: another example of Maupassant's scepticism with regard to both politics and religion.

Badinguet: the Emperor's nickname, probably from the name of a mason who helped him to escape from imprisonment at the town of Ham in Northern France in 1846, where he was held following the abortive *coup* of 1840. The future Emperor wore the mason's clothes and carried his tools.

65 **les gouvernements à panache et despotiques**: 'the pomp and circumstance of despotic governments'.

On avait marché onze heures: 'They had been travelling for eleven hours'.

deux heures de repos laissées en quatre fois aux chevaux: 'four halts, allowing in all two hours' rest for the horses'. Hence total time for the journey: thirteen hours, not fourteen as stated, a curious slip on the author's part.

l'Hôtel du Commerce: fictitious, but modelled on the Hôtel du Cygne at Tôtes, a village in the area; in *Madame Bovary* Emma's husband-to-be is appointed there as a medical officer before the marriage and the move to Yonville. Flaubert uses the older spelling, 'Tostes'.

66 **serré dans son uniforme comme une fille en son corset**: cf. the nickname of another tightly-buttoned Prussian officer in *Mademoiselle Fifi*. In the portrayal of German officers two stereotypes emerge, thanks to Maupassant: one grossly fat as in *Un Duel*, the other suspiciously slim, possibly tight-laced.

en français d'Alsacien: cf. the strange jargon of Balzac's banker, Baron Nucingen, in a number of the novels.

"Foulez-vous tescendre, Messieurs et Tames?": Our first example of Maupassant's attempts to render the Germanised pronunciation of French: 'v' becomes 'f' and vice-versa, 'd' and 't' are interchanged as are 'b' and 'p'. *Vous* in this case ought to read *fous*! The expression *Messieurs-Dames*! so often heard in France (used for example by people entering shops, etc.) is a vulgarism.

souplesse: (here) 'over-willingness to oblige', 'servility'.

67 **tout ce monde**: 'all those present'.

"C'est pien": i.e., "C'est bien" ("Very good").

un numéro parlant: 'a number indicating its function', i.e. as a lavatory, the number 100 being used at the time instead of a word like the modern *toilette*. Cf. *armes parlantes*, 'canting arms', i.e., a coat of arms containing a visual pun on the owner's name, such as an ox and wavy lines suggesting water in the case of 'Oxford'.

Un mouvement se fit: 'there was sudden animation'.

68 **Le cidre**: the local beverage, a product of the countless orchards of Normandy, like the liqueur Calvados.

le Pale Ale: English beer was already drunk to some extent in France; unmistakable bottles of Bass appear in the famous painting, *Le Bar des Folies-Bergère*, by Edouard Manet (1823–1883).

râlant: (here) 'wheezing'. Literally *le râle* and the verb *râler* denote the death-rattle, although British doctors use the word 'rale' or 'râle' to describe the sound of fluid on the lungs, e.g. in cases of bronchitis.

tirage: 'tightness', 'constriction'.

69 **"ça ne fait que manger des pommes de terre"**: During their occupation of France in World War II the Germans were nicknamed *les Doryphores* ('the Colorado Beetles') because they ate or made off with all the potatoes. For the disparaging use of *ça*, see Mansion's *Grammar of Present Day French*, § 190.

"Ils ordurent partout": "They leave their filth everywhere".

Et marche en avant . . . et tourne par-là: "And it's quick-march, about-turn, left-turn, right-turn".

"ces militaires": Boule de Suif is expressing Maupassant's own views here.

"qui s'esquintent le tempérament à piétiner": "wearing themselves out marching up and down".

"si l'on se revenge": an incorrect version of "si l'on se venge".

"citoyenne": an obvious echo of the French Revolution.

when the terms *monsieur, madame*, etc., were banned; also a reminder of Cornudet's politics.

fanatique des illustres capitaines: 'a keen admirer of famous military leaders'.

9–70 **tant de bras inoccupés**: 'so many workers idle'.

70 **tant de forces**: 'so much (human) energy'.

bordeaux: 'Bordeaux (wine)', known as 'claret' in the case of red Bordeaux.

frôlement: 'rustling sound'; cf. notes to p. 55 on *frémissement and froissement*.

le gros numéro: See note to p. 67 on *un numéro parlant*; cf. *une maison à gros numéro*, 'a brothel' (colloquial).

Cornudet: His advances had already been repulsed in the coach: Maupassant is clearly determined not to idealise *le démoc*.

71 **madras**: i.e., a madras silk or cotton scarf, worn as a nightcap.

dans les fourrages: 'in the haylofts'.

battre le pays: 'search the whole place' (*pays* is often used for a locality, a small town, a village, or a district).

à "l'armée de la guerre": 'on "active service" ', i.e., with the army still in the field, in contrast to the Imperial Army which had already surrendered. The picture of German soldiers helping French women with their household chores recurs in the stories (see *La Mère Sauvage* and *Un Duel*) and helps to bring out the stupidity of war.

Le vieux rat d'église: 'The aged pillar of the church' (the term usually denotes a very devout person).

c'est pas des Prussiens . . . Ils sont de plus loin: i.e., the men in question came from some other German State, no doubt allied to Prussia, but what German State could be farther away than Prussia is a problem.' (*C'est pas*, a vulgarism.)

72 **"C'est les grands qui font la guerre"**: See Introduction, p. 33, regarding this recurrent theme; *c'est*, cf. *c'est pas* above.

Cornudet, indigné: because the Republicans had carried on

the fight after the collapse of the Second Empire.

l'entente cordiale: i.e., the expression associated later (bet
ween 1900 and 1914) with the drawing together of Franc
and Britain in the face of German ambitions.

"Ils repeuplent": "They're repopulating the country".

eut un mot grave: 'put it seriously'.

"Quand ça?": "When was that?" (cf. *Où ça?*, 'Where was/i
that?').

73 **écume**: i.e., *écume de mer*, from the German *Meerschaum*,
yellowish mineral used in making (expensive) pipes.

familière à sa main: 'well-balanced' (fitting easily into th
hand).

L'un croyait aux d'Orléans: See note to p. 57 on *le part
orléaniste*.

Du Guesclin: the Breton hero who led the French in thei
war to evict the English forces in the 14th century.

Jeanne d'Arc: i.e., Joan of Arc, the peasant girl, who
claiming the guidance of supernatural voices, led the Frenc
to victory against the English, only to be betrayed and burn
at the stake in 1431; she was later canonised as Saint Joan.

le prince impérial: Normally designated by capital letters
the *Prince Impérial*, Eugène-Louis-Napoléon Bonaparte, wa
the son and heir of the former Emperor. Born in 1856, he wa
taken into exile by his mother, joined the British Army an
volunteered for service in South Africa. In 1879 he was kille
in action against the Zulus, and his death provoked angr
criticism in England of those expected to protect him.

qui sait le mot des destinées: 'to whom Destiny is an ope
book' (cf. *le mot de l'énigme*, 'the key to the enigma').

74 **"fous foulez"**: i.e., "vous voulez"; more Germanise
French.

troublaient les têtes: 'produced general agitation'.

75 **trente-et-un**: a card game in which players try to scor
thirty-one points.

le ménage Loiseau s'entendait pour tricher: 'the Loiseau
couple were cheating by mutual arrangement'.

"fait demander": "wishes to know".

76 **ce qui lui mettait parfois des points d'orgue dans la poitrine**: 'which caused his bellows to become blocked from time to time'; *points d'orgue*, 'fermata', i.e., pauses in musical scores.

"du matin . . . du soir": "an early bird . . . a night owl".

un refroidissement vis-à-vis de Boule de suif: This change in attitude is skilfully handled, and the eventual recruitment of a nun to overcome the girl's resolution is both ironical and convincingly presented.

la nuit porte conseil: from the Latin *in nocte consilium*, 'the night brings good counsel', a proverb which seems to have no exact equivalent among English proverbs, only related expressions like 'sleep on it'.

s'ennuyait à périr: (usually *s'ennuyer à mourir*) 'was dying of boredom', 'was bored to tears'.

77 **un retour offensif**: 'a counter-attack'.

"Y songez-vous?": "You're not serious?"

ce mouvement particulier aux militaires: a typical example of Maupassant's gift for shrewd observation.

de ne se point découvrir: in modern usage the word order is normally *de ne pas se . . .* and *de ne point se*.

en connaisseur: 'as an expert'. The masculine form seems surprising in this context, but is more frequently found than the feminine *connaisseuse* in the sense of 'connoisseur'; English has retained the older spelling of the borrowed French word.

78 **un enfant**: See Introduction, p. 16, regarding Maupassant's almost obsessive preoccupation with the theme of the illegitimate and abandoned child.

qui connaissait la nature humaine: i.e. he realised that once the hostages were released Boule de Suif would again refuse.

Il prétendait retenir tout le monde: 'He maintained that he would detain everyone'.

"Je vous demande un peu": "I *ask* you!"

"ça a pris tout ce qu'elle a trouvé: "she's been with every-

body she's managed to get"; see note to p. 69 on *ça*.

79 **la légère tranche de pudeur**: 'the thin veneer of modesty'; see Introduction, p. 22.

femme du monde: not 'woman of the world', but 'society lady', 'woman moving in good society'; cf. *dans le monde*, 'at social gatherings'.

tripotant de l'amour: 'playing with the idea of love'.

gourmand: 'not 'greedy' here, but 'epicurean', 'fond of good food'.

plus raides: 'broader', 'coarser'.

la place: See note to p. 58 on *demeurés seuls*, etc.

80 **plus assouplie**: 'more versatile', 'less rigid' (*assouplir*, 'to make supple').

les figures, les attitudes: 'what people looked like and how they behaved'.

Judith et Holopherne: In the Apocrypha the Israelite heroine of the book named after her lavishes her charms on the Assyrian general Holofernes, gets him drunk and saves the city by killing him while he sleeps.

Lucrèce avec Sextus: Lucretia, the virtuous wife of the last King of (ancient) Rome, was raped by Sextus Tarquinius; she informed her husband and then committed suicide. The story has inspired a number of literary works, notably Shakespeare's *Rape of Lucrece*. As implied by Maupassant's *sans aucune raison*, it offers a remarkably poor argument in favour of submission.

Cléopâtre: a reference to the famous love-affairs of the Queen of Egypt, first with Julius Caesar and then with Marcus Antonius (Shakespeare's 'Mark Antony').

Capoue, Annibal: During the Second Punic War Hannibal and his army crossed the Alps with their elephants and invaded Italy. After the campaign of 216 B.C. they wintered at the wealthy town of Capua, where according to the Roman historian Livy they were ruined by the sensual pleasures provided for them.

Cette Anglaise de grande famille: No doubt a myth

Maupassant however exploited this grisly theme in his story *Le Lit 29*, in which a patriotic prostitute deliberately infects Prussian soldiers.

une faiblesse subite: i.e., impotence.

81 **eut trois phrases malheureuses**: 'pronounced three unfortunate sentences', i.e., unfortunate remarks.

l'Église absout, etc.: Maupassant, who despite his hostility to religion is rarely unkind to its servants, softens this presentation of the nun's part in the miserable plot to overcome the girl's resistance, by making it clear that the former is of limited intelligence and not fully aware of what she is doing.

ces complaisances voilées: 'that veiled connivence', 'that half-concealed willingness to make concessions'.

par l'effet d'une inintelligence heureuse: 'because by a stroke of luck she was not particularly intelligent'.

violente: 'forthright'.

les tâtonnements de la casuistique: 'the tentative pros and cons of casuistry' (*la casuistique*: the branch of theology which deals with problems of conscience; also, in a disparaging sense, 'sophistry').

le sacrifice d'Abraham: from *Genesis*, Chap. XXII.

lui fit faire comme une paraphrase édifiante: 'led her into making, as it were, an edifying paraphrase'.

toutes les voies: 'every possible means (literally, 'way') to an end'.

82 **la sainte fille**: 'the holy maiden' (obviously ironical here).

en Crimée, en Italie, en Autriche: i.e., in the Crimean War against Russia (1853–1856), the campaign in Italy in which the French defeated the Austrians at Solferino (1859) and in the war in which Prussia crushed Austria at Sadowa (1866). The Crimean War saw the heroic reform of British military hospitals by Florence Nightingale, while the horrifying casualities of Solferino led to the creation of the Red Cross organisation. In the third campaign mentioned, the nursing sister had no doubt served on the Catholic, i.e., Austrian side.

une de ces religieuses à tambours et à trompettes: 'one of those fife-and-drum sisters'.

une vraie bonne sœur Ran-tan-plan: 'a regular warhorse of a nursing sister' (*ran-tan-plan*, 'rub-a-dub-dub').

la figure ravagée: See note to p. 58 on *une bordée de mitraille*.

83 **Il pénétra tout de suite au vif de la question**: 'He came straight to the point', 'He went straight to the heart of the matter'.

Il la prit par la douceur, par les sentiments: 'He won her over by the gentleness of his approach, by an appeal to her feelings'.

"il pourrait se vanter d'avoir goûté d'une jolie fille": "he'd be able to boast that he'd enjoyed the favours of a pretty girl". When linked with *jolie*, the word *fille* is in no way disparaging; cf. *la sainte fille* above.

quel embarras!: 'what a fix!'

"Ça y est?": "All well?"

pleine de traits: 'sparkling with wit' (*traits d'esprit*, 'witty sallies', literally 'shafts of wit').

84 **"Gueux de Prussien, va!"**: "You Prussian swine!"

l'indignation dépend des milieux: 'indignation is a matter of situations and surroundings'.

écarts: 'lapses' (offences against good taste).

lancé: 'well away'.

sollicitées: 'persuaded'.

pincer un quadrille: 'have a bit of a dance' (*pincer*: a vulgarism).

85 **jeta un froid**: 'cast a chill'.

restait bête: 'was at a loss for words', 'was struck dumb'.

"Ils sont trop verts . . .": "Sour grapes . . ." In La Fontaine's fable *Le Renard et les Raisins* (adapted from a fable by Aesop), the fox found the grapes out of reach: "Ils sont trop verts, dit-il, et bons pour les goujats!"

les "mystères du corridor": like the foregoing, an allusion to Cornudet's earlier rejection by Boule de Suif.

"il ne la trouve pas drôle . . .": "he's *not* amused . . ." (*la*

148

standing for something understood but not mentioned, e.g. *la plaisanterie*, or *l'histoire*, cf. *elle* in an expression like *Elle est bien bonne!*: 'That's a good one!'

tous les trois repartaient, malades, essoufflés: 'all three were off again, laughing themselves sick and gasping for breath'.

de la nature des orties: 'of a waspish disposition'.

"cette chipie" de petite Carré-Lamadon avait ri jaune toute la soiree: ' "that little cat", the Carré-Lamadon woman, had laughed a sickly laugh all evening.'

"les femmes, quand ça en tient pour l'uniforme . . .": "when women fall for a uniform . . ." (*en tenir pour*: a vulgarism; see note to p. 69 on *ça*).

"Si ce n'est pas une pitié. . .": not "Isn't it a pity . . ?" but "Isn't it pathetic (or) pitiful?"

des frémissements: See note to p. 55 on *un frémissement clair et continu.*

des effleurements de pieds nus: 'the pitter-patter of bare feet'.

86 **Le lendemain, un clair soleil d'hiver, etc.:** See Introduction, p. 26.

rengorgés dans leurs plumes épaisses: 'puffing out their thick plumage'; *se rengorger*, 'to stick one's chest out', hence 'to swagger', 'to strut', 'to give oneself airs'.

leur vie: 'the necessities of life', i.e., food.

grillait une pipe: 'was smoking a pipe' (slang; used also of cigarettes).

"Vous connaissez, je crois, Mme d'Étrelles?": This snatch of elegant chit-chat, like the lines which follow it, stresses the cruel rejection of Boule de Suif all the more effectively in that it replaces direct comment by the author. In each case the conversation also expresses the values of the speakers, ruled as they are by snobbery and the worship of money.

87 **"Coupon – échéance – prime – à terme":** financial and Stock Exchange jargon; a 'coupon', detached from a bond, entitles the holder to draw interest, *échéance* ('maturity') refers

to the date at which a bond becomes due for repayment, *prime* ('option') indicates the right to buy or sell at a specified time and at a certain price, while *à terme* ('forward deals', 'futures') is used in connection with the actual buying or selling of commodities at an agreed price for delivery at a specified time.

attaqua un bésigue: 'started a game of bezique' (a card game similar to whist, but suitable for two players).

comme pour une course d'oremus: 'as if to race each other through their prayers' (*oremus*, 'prayer', from the Latin for 'Let us pray').

une médaille: 'a medallion'.

"Il fait faim": "Getting hungry"; a colloquialism rarely if ever heard today.

vases allongés: 'long dishes'.

un lièvre en pâté: not 'hare pie', but a dish of hare pâté, more precisely a *pâté de lièvre, en terrine*. I am grateful for this information to Mrs Jane Grigson, author of *The Observer Guide to European Cookery*. See Mrs Grigson's *Charcuterie and French Pork Cookery*, Penguin Books, 1970, pp. 100–101 (originally published by Michael Joseph, 1967) — Ed.

"faits divers": "News in Brief", "Miscellaneous News".

sa pâte onctueuse: 'its greasy substance' (the printed words having transferred themselves to the cheese); the word *pâte* stands not only for dough but for cheese, Roquefort, Gorgonzola, etc., being classified for example as *pâte bleue* ('blue mould').

son paletot-sac: 'his loose overcoat'.

87–88 **se mit à mordre à même les œufs**: 'started biting into the eggs as he held them in his hand'; cf. *boire à même la bouteille*, 'to drink straight out of the bottle'.

88 **la crispa**: 'stunned her', 'temporarily paralysed her'.

tant l'exaspération l'étranglait: 'choking with exasperation to such an extent'.

la Marseillaise: The National Anthem only since the year preceding publication of *Boule de Suif* (i.e., since 1879), the

Marseillaise was then associated with the Republican ideal and the politics of the Left. It was also associated with the heroic struggle of the infant Republic to survive against foreign powers at the time of the Revolution, and it thus provides ironic comment on the 'respectable' travellers who have betrayed the girl's attempt to keep the flag of honour flying. Originally linked with Strasbourg, where it was composed by Claude-Joseph de l'Isle while a member of the local garrison and at first entitled *Chant de Guerre de l'Armée du Rhin*, the famous anthem was sung by volunteers as they marched from Marseilles to Paris, and as a result became known as *la Marseillaise*.

89 **qu'ils appliquaient sur chaque mesure**: 'which they applied (mentally) to every beat of the tune'.

Deux Amis

First published in *Gil Blas*, signed "Maufrigneuse" (5th February 1883), then in *Le Gaulois*, signed "Guy de Maupassant" (23rd March 1883). The latter given as first publication in Conard edition, the former in Pléiade; neither edition gives both. The unusual fact of publication in two newspapers is recorded by E.D. Sullivan and F. Steegmuller in their article "Supplément à la bibliographie de Guy de Maupassant" (see *Select Bibliography*, p. 46). The story appeared in the volume *Mademoiselle Fifi*, published in 1883 by Victor-Havard.

90 **les égouts se dépeuplaient**: 'rats were disappearing from the sewers' (see Introduction, p. 6).

 le long du boulevard extérieur: a wide avenue encircling Paris and following the line of the fortifications; now itself surrounded by a motorway.

 sa culotte d'uniforme: i.e., the uniform of the Garde Nationale (see note to p. 51).

 pantouflard par occasion: 'a stay-at-home fellow, always ready for a gossip' (*pantouflard*, based on *pantoufle* and corresponding to *casanier*, but with a secondary meaning).

confrère: (here) 'comrade-in-arms' (in the *Garde Nationale*).

M. Sauvage: no connection with *La Mère Sauvage*, and the reverse of savage by nature.

une connaissance du bord de l'eau: 'a riverside acquaintance' (i.e., a fellow-angler).

Argenteuil . . . Colombes . . . l'île Marante: At the time Argenteuil (where Maupassant kept his boat) and Colombes were outside Paris, down-river from the capital; l'île Marante, generally known as l'île de Colombes, lies in the Seine between the two.

mercier, rue Notre-Dame-de-Lorette: The article and *dans* are often omitted when indicating an address.

fanatique: 'keen'.

91 **une bonne chaleur de saison nouvelle**: 'the pleasant warmth of a day in early Spring'.

"Hein! quelle douceur!": "Beautifully mild, isn't it?"

ensanglanté: 'turned blood-red'.

figures: 'reflections'.

enflammait l'horizon: 'set the horizon ablaze with light'.

faisait rouges comme du feu les deux amis: 'enveloped the two friends in a ruddy glow'.

frémissants d'un frisson d'hiver: 'shivering as if winter were already upon them'; the participle is in the plural here, its function being adjectival.

"En voilà des événements!": "One thing after another!" "We live in troubled times!"

absinthe: a strong alcoholic drink, green in colour. It was considered so dangerous that the Government banned its use in 1915. Its place has to a great extent been taken by aniseed-flavoured aperitifs like Pernod, Ricard and the *pastis* drunk in the Midi.

verte: colloquial for *absinthe*.

marchand de vins: See note to p. 60.

"Où ça?": "Where d'you mean?" Cf. *Quand ça?* (p. 72).

92 **"C'est dit. J'en suis"**: "Say no more. I'm with you".

leurs instruments: 'their (fishing) tackle' (known usually a

engins de pêche or *articles de pêche*).

Il . . . consentit à leur fantaisie: 'He . . . agreed to their whim'.

Orgemont . . . Sannois . . . : nearby villages, on rising ground to the north-west of Paris.

Nanterre: to the west of Paris, now the location of a new university.

"une friture": The word will boomerang at the end of the story.

profitant des buissons pour se couvrir: 'taking advantage of the cover provided by the vines' (literally, 'bushes').

93 **bêtes**: 'creatures'.

Une vraie pêche miraculeuse: 'A truly miraculous draught of fishes' (see *New Testament*, St Luke, V., 4–9).

une poche de filet à mailles très serrées: 'a fine-meshed keep-net' (which lies in the water and keeps the catch alive).

Le bon soleil leur coulait sa chaleur entre les épaules: 'Upon their backs the sun's rays were pleasantly warm', 'The benevolent sun directed his rays between their shoulder-blades'; *couler*, 'to pour', 'to run' (a liquid, or molten metal).

la grande silhouette du Mont-Valérien: See *Introduction*, p. 6.

jetait son haleine de mort: 'breathed death and destruction'.

"Faut-il être stupide . . .": "How stupid it all is . . ."

94 **une ablette**: 'a bleak' (a small fresh-water fish).

"au dehors . . . au dedans": "abroad . . . at home".

avec une raison saine d'hommes doux et bornés: 'taking up the sound and reasonable attitude of limited but peace-loving men'.

en d'autres pays: i.e., not only in Prussia but in German countries allied to the invader.

des souffrances qui ne finiraient plus: an eloquent expression of Maupassant's very modern horror of war and of the sufferings inflicted on friend and foe alike.

passés dans l'île: 'ferried across to the island'; cf. *le passeur*,

'the ferryman', and *dans une ferme*, 'on a farm'.

une grande pipe de porcelaine: i.e., a typically German pipe.

95 **"Je vous prends"**: The present tense is used here to indicate an immediate future.

mot d'ordre: 'password' (cf. the more frequently used *mot de passe*; the expression *mot d'ordre* corresponds nowadays to 'watchword', 'key to policy', and in some cases even 'slogan'.

le fusil au pied: 'with rifles at the order' (i.e., with butts grounded and with rifles held upright and close to the side of the body).

"j'aurai l'air de m'attendrir": "it will look as if I've taken pity on you".

se mit à commander: 'started giving orders'.

96 **"Adieu, monsieur Sauvage"**: The pathos of the incident is expressed without a trace of sentimentality by the quiet and dignified formality of "monsieur", so characteristic of France, where at least among adults first names are used much more sparingly than in Anglo-Saxon countries.

n'en firent qu'un: 'went off as one'.

tomba d'un bloc sur le nez: 'fell flat on his face'.

"C'est le tour des poissons maintenant": i.e., their turn to die.

"animaux": "creatures".

**"pendant qu'ils sont encore vivants. Ce sera délicieux".
Puis il se remit à fumer sa pipe**: an effective 'punch-line', bringing out the callousness of the Prussian and the horror of the situation, without authorial comment.

Un Duel

First published in *Le Gaulois* (14th August 1883), then posthumously in the volume *Le Colporteur* (Ollendorff, 1900).

97 **coiffés du casque noir à la pointe de cuivre**: See Introduction, p. 7.

comme s'ils eussent fait partie des familles: See Introduction, p. 35. For the subjunctive used with *si*, cf. Mansion's *Grammar of Present Day French*, § 367.

son gros ventre de marchand riche et pacifique: a caricature of the French bourgeois of the day and one of Maupassant's stereotypes; cf. note to p. 51 on *bedonnants*.

avec une résignation désolée et des phrases amères sur la sauvagerie des hommes: another echo of Maupassant's attitude to war.

98 **bien qu'il eût . . . monté bien des gardes**: 'although he had mounted guard many a time'.

cet instinct nouveau de prudence qui ne nous a plus quittés: a rare departure from Maupassant's normally impersonal and detached attitude.

serré dans son uniforme: 'in his tight-fitting uniform'.

qu'elles coupaient en travers: 'across which they lay horizontally'.

"Ché tué touze Français tans ce fillage. Ché bris plus te cent brisonniers", etc.: i.e., "J'ai tué douze Français dans ce village. J'ai pris plus de cent prisonniers", etc.

"Ach! comment s'appelé, cette village?": i.e., "Ah! comment s'appelait-il, ce village?"

Pharsbourg: apparently invented.

"Ché bris ces bolissons de Français par les oreilles": i.e., "J'ai pris ces polissons de Français par les oreilles".

dans son poil: 'into his beard'.

99 **"Si j'afrais le gommandement, ch'aurais bris Paris, et brûlé tout, et tué tout le monde. Blus de France!"** i.e., "Si j'avais eu le commandement, j'aurais pris Paris, et tout brûlé . . ." Obviously a caricature, but a reminder for the modern reader of Hitler's order, fortunately ignored by the German commander on the spot, to burn Paris to the ground before withdrawing before the advancing Allies in 1944.

"Tand vingt ans, toute l'Europe, toute, abartiendra à nous. La Brusse blus forte que tous": i.e., "Dans vingt ans, toute l'Europe, tout, nous appartiendra. La Prusse plus

forte que tous [les autres pays]". An unmistakable link with the German National Anthem, *Deutschland Über Alles*?

il blagua: 'he scoffed' (*il blaguait la France*, 'he scoffed at France'). Regarding this play upon the past historic tense and the imperfect, see Mansion's comments on the latter described as the 'past descriptive', § 77, 5.

les ennemis à terre: 'the defeated (literally, 'prostrate' enemies'.

l'Autriche, vaincue naguère: see Introduction, p. 3.

les mobiles: i.e., the *Garde Mobile*; see note to p. 50 on *de petits moblots*.

une ville de fer: a flight of the imagination, but a vivid image, recalling Victor Hugo's poem, *La Conscience*, in which Cain seeks to escape from the all-seeing Eye:

> Alors Tubalcaïn, père des forgerons,
> Construisit une ville énorme et surhumaine.
> Pendant qu'il travaillait, ses frères, dans la plaine,
> Chassaient les fils d'Énos et les enfants de Seth,
> Et, le soir, on lançait des flèches aux étoiles . . .

> (*La Légende des Siècles*)

"Je vous brie t'aller en acheter gand le gonvoi s'arrêtera": Strictly speaking, in accordance with the interchange of certain consonants, *vous* should have read *fous*; cf. *tout, toute, je*, and (earlier) *Paris*.

"Allez faire ma gommission, fite, fite!": *faire une commission*, 'to run an errand'.

100 **avait pris une pincée de poils**: 'had tweaked the hair of his moustache'.

d'un revers de main lui releva le bras: 'swept the arm aside with the back of his hand'.

il se mit avec l'autre, fermée, à lui taper furieusement des coups de poing par la figure: 'in his fury he drove his other fist again and again into the Prussian's face'.

101 **pleins de joie et de curiosité, prêts à parier pour ou contre chacun des combattants**: English people are usually caricatured by Maupassant; cf. *Miss Harriet* and *Nos Anglais*.

"Si fous ne foulez pas me rendre raison avec le bistolet, che vous tuerai": "If you will not give me satisfaction with pistols, I'll kill you" (again, slight disparities in the 'German-isation' process with *pas* and *vous*).

pour se garantir du soleil: another caricatural touch.

02 **au pas gymnastique**: 'at the double'.

marquait le pas . . . "Une, deux! une, deux!": 'dictated the pace . . . "Left, right! left, right!" ' Perhaps to help the voice to carry, gymnastic instructors and drill-sergeants trad-itionally call out: *une*! instead of *un*! Likewise *deux*! often becomes *deusse*! Whether an English tourist with such an abysmal command of French would know this seems, how-ever, highly unlikely.

trois grotesques d'un journal pour rire: 'three funny men in a comic paper.'

toques: A toque is a loose type of headgear with little or no brim; persons holding university doctorates wear medieval-style toques on formal occasions. Maupassant seems to think that the toque is typically English, like putting up an umbrella in strong sunshine! ·

La Mère Sauvage

First published in *Le Gaulois* (3rd March 1884) and later in the volume *Miss Harriet* (Victor-Harvard, 1884).

03 **Georges Pouchet**: a native of Rouen and an old friend of the author, Pouchet (1833–1894) was a well-known naturalist and authority on animal anatomy.

Virelogne: a village in Normandy near the town of Viré.

mon ami Serval: a fictitious friend. See Introduction, p. 21, regarding Maupassant's occasional appearance as narrator 'in person'.

nous ont attendris: 'have stirred our feelings'; this is one c
the most eloquent of Maupassant's expressions of his dee
love of his native countryside.

un bout de berge: 'a spot on a river bank'.

104 **battait un champ**: 'was crossing a field in search of game
(i.e., without the help of beaters, who would otherwise driv
the game towards the guns; this is known as "walking up"
field or wood).

en 1869: i.e., on the eve of the war.

une bonne femme: 'a peasant woman'; hard to translate, a
our own term 'goodwife', is now obsolete; like the latte
word, which was used to designate 'a woman not of gentl
birth', the expression is condescending and may be disparag
ing, as in *la bonne femme d'à côté*, 'the old girl next door'.

m'avait fait boire un verre de vin: 'had given me a glass c
wine'; cf. *il m'a fait danser*, 'he danced with me'.

ses hommes: 'her menfolk'.

rude: 'sturdy'.

haute: cf. *haute sur jambes*, 'tall'.

C'est affaire aux hommes, cela!: 'leave that to the men'
sans éclaircie: 'unlit by a single ray of sunshine'.

105 **bons enfants**: 'decent lads'; cf. *être bon enfant*, 'to be good
natured'.

On les voyait . . . faire leur toilette: 'They could be see
washing'.

en manches de chemise: The frequently used expression
bras de chemise is officially incorrect.

**mouillant à grande eau, dans le jour cru des neiges, leu
chair blanche et rose d'hommes du Nord**: 'in the hars
glare of the snow, vigorously splashing water over their pin
and white flesh, the flesh of a Northern race' (cf. *laver à grand
eau*, 'to swill down', e.g., a floor).

comme quatre bons fils autour de leur mère: The expres
sion takes on its full significance later, as in the case of "tout
monde est frère" in *Boule de Suif* (see note to p. 63) an
"friture" in *Deux Amis* (see note to p. 92).

"**vingt-troisième de marche**": "the 23rd of Foot" (an obsolete term for an infantry regiment).

"**Non, bas su, bas savoir du tout**": a mangled version of "Non, je ne l'ai pas connu, je n'en sais rien du tout".

06 **qui épuisent en six mois deux nations**: By January 1871 both armies were war-weary, but after the fighting Germany was all-powerful on the Continent, and France recovered almost as quickly. See Howard, pp. 432–433 and 453–454.

"**En v'là quatre qu'ont trouvé leur gîte**": "Them four have found a cushy billet" (*v'là*, a vulgarised version of *voilà; qu'ont* similarly replaces *qui ont*. *Gîte*: 'resting-place', 'lodgings'; cf. the organisation *Gîtes de France*, which offers good inexpensive holiday accommodation.

le piéton chargé de distribuer les lettres: 'the country postman' (making his rounds on foot).

la présente: 'the present letter', 'this letter'.

qui l'a censément coupé en deux parts: 'that cut him in two, as you might say'; *censément*, 'supposedly', but also as in this case 'virtually', is often used by Maupassant's peasants, as in *Un Coup d'État*, p. 112.

"**Soldat de 2e classe**": "Private . . ." (cf. *soldat de 1ère classe*, 'lance-corporal').

07 **elle se les fit écrire**: 'she got them to write them down for her' (literally, 'she had them written down for her', *les* referring to the names and addresses; see Mansion, §§ 92, 332).

08 "**J'vas**": i.e., "je vais". In "travailler pour vous" we have another phrase which takes on its full significance only at the end of the story.

inégaux: 'irregular', 'rising and falling'.

09 **elle dit la chose d'un bout à l'autre**: 'she told the whole story'.

Quand elle eut fini, elle tira de sa poche . . .: a typical use of the past anterior tense, preceded by a conjunction of time not requiring the subjunctive and followed by a main verb in the past historic. The tense is described by Mansion as "The Second Past Perfect" (§ 81).

110 **"la Sauvage"**: an obvious pun on the surname (or nicknam‹
see p. 104); *la* is often added in the case of a famous ope‹
singer, and is also used, especially in country districts, in ‹
familiar, sometimes disparaging sense.

Un coup attardé: i.e., the *coup de grâce*, usually a revolv‹
shot delivered by the officer in command, to spare the victi‹
further suffering.

Elle était presque coupée en deux: i.e., like her son, ‹
106. The grisly detail, like the cry of "la Sauvage", is heavi‹
symbolic. Zola uses similar devices to suggest the workings ‹
Fate in his novel *L'Assommoir*.

Un Coup D'État

First published in the volume *Clair de Lune* (Monnier, 1884).

111 **Coup d'État**: different from a revolution in that it is carrie‹
out by a relatively small faction, e.g., a group of Servic‹
Officers. Note the capital É, as in *affaires d'État*, etc. The tit‹
is an obvious storm-in-a-teacup reminder of the *Coup d'État* ‹
1851 which had brought Napoleon III to power.

Sedan . . . la Commune: See Introduction pp. 5–6.

guerriers d'occasion: 'temporary warriors'.

fusils à système: 'rifles with breech-loading mechanism‹
(e.g., bolt-action), in other words Army rifles, as opposed t‹
the shotguns to which they were accustomed.

On exécutait des innocents: See *Boule de Suif*, p. 51.

Canneville: apparently invented, although there is a villag‹
called Canneville-les-Deux-Églises in Normandy.

112 **légitimiste**: i.e., before switching his allegiance to th‹
Imperial régime, he had supported the senior branch of th‹
Bourbon dynasty, displaced in the person of Charles X by th‹
junior branch (the d'Orléans family), whose representativ‹
Louis-Philippe, ruled as King from 1830 to 1848.

l'arrondissement: in French local government, a sul‹

division of a *département* and also an electoral constituency. It
is sub-divided into *communes*, each of which is headed by a
maire.

vénérable de la loge maçonnique: Continental
Freemasonry, introduced into France from England, is tradi-
tionally anticlerical and associated with the Left in politics
(*vénérable*, 'Grand Master'). Maupassant himself declined an
invitation to apply for membership.

président . . . du banquet des pompiers: 'Chairman . . .
of the annual dinner of the Fire Brigade'. Firemen in France
are widely regarded as figures of fun . . . until fires break out.

la milice rurale: the contemporary equivalent of our Home
Guard of the Second World War.

qui devait sauver la contrée: 'whose function was to defend
the district'.

bâtiment communal: 'town hall' (usually known as la *mairie*
or, in towns of a certain size, *l'hôtel de ville*).

son monde: 'his men'.

Le 5 septembre: The Battle of Sedan had been lost on the
1st, and the Emperor had been taken prisoner on the 3rd.

**"des fourmis qui me couraient censément dans les
jambes"**: "pins and needles all up and down the legs, like":
See note to p. 106 on *censément*.

"j'ai bien le temps": "a fat lot of time *I've* got".

13 **"Ça a devenu"**: an ungrammatical version of *ça est devenu*.

il lui jeta dans la figure: 'he bawled at him'.

**"Tu ne sens donc pas que nous sommes en république,
triple brute?"**: "Don't you realise that we're a republic now,
you great blockhead?"

"avec son tambour": The town crier in France, known as *le
tambour de ville* (*tambour*, 'drummer' as well as 'drum'), beats a
drum before making an annoncement.

eut un moment de sursaut: 'started momentarily'.

"Je dirai plus": "I'll go as far as to say".

14 **"la commune"**: See note 10 to p. 8, *Introduction*, on *Com-
mune*.

"**me remettre ses pouvoirs**": "hand over his authority me".

"**Exécutez!**": 'Carry on!'

les jambes guêtrées: 'wearing gaiters'.

son lefaucheux: a type of shotgun invented by Casin Lefaucheux (1802–1852); it was the first French gun of i kind to be breech-loading.

gardes: i.e., *gardes-chasse*, 'gamekeepers'; the knives used f killing and skinning game.

le suisse: a uniformed attendant who acts as guide and ush in French churches; see illustration in the *Nouveau Pe Larousse*.

115 **gardes champêtres**: 'rural policemen', 'village bobbie (again, see illustration in the *Nouveau Petit Larousse*).

eut vite arrêté son plan de campagne: 'had soon drawn his plan of campaign'; the past anterior tense is used here convey an impression of speed and urgency. See Mansion, 81, regarding this tense, described as "the Second Past Pe fect".

"**M. de Varnetot**": i.e., the *vicomte*; the plain mode of addre is not at all unusual in such cases, and is not equivalent calling a British viscount "Mr".

"**Pour me faire flanquer un coup de fusil, merci**": "Ar get myself shot at? No thanks!" (*flanquer*, colloquial; c *flanquer une gifle à quelqu'un*, 'to give someone a slap across t face').

"**Plus souvent que je me ferai casser la figure**": "Any mo than I'll go looking for a faceful of lead" (*se faire casser la figur* 'to get beaten up' (or) 'to be injured' — colloquial).

"**T'as raison . . . c'est pas l'moment**": The omission certain vowels and of *ne* is still typical of French popul speech.

116 **Le gros des marmots**: 'most of the urchins' (literally 'brats cf. *le gros de l'armée*, 'the main body'.

nommé par l'autorité compétente: Under the Secor Empire, *maires* were not elected, as they are today, b

appointed by the authoritarian central Government.

"**Maire, je suis chez moi dans la mairie, et j'y reste**": "As Mayor, I'm on my own ground in the Town Hall, and here I stay".

"**Vous êtes un crâne, vous, un fameux lapin, la honte de l'armée**": "*Some* hero, you are, a soldier brave and bold! You're a disgrace to the Army". Unlike 'rabbit', the word *lapin* denotes bravery; long before the Second Empire an officer would refer affectionately to his men as "mes lapins".

"**Je m'en fiche un peu**": cf. the more modern *je m'en fiche pas mal*, 'I couldn't care less' (colloquial).

17 **préfet**: the chief administrator of a French *département*, responsible mainly for law and order. The first *préfets* (now Commissaires de la République) were appointed by Napoleon I, and are still appointed, not elected.

Seine-Inférieure: a *département* on the Channel coast, now called Seine-Maritime.

sous-préfet: subordinate to a *préfet* and in charge of an *arrondissement*. The term *sous-préfecture* is applied to the sous-prefet's office and residence, and also to the town in which the latter are situated. Here Dieppe is the principal town or *chef-lieu* of its *arrondissement* and is thus a *sous-préfecture*.

disait: 'spoke of'; for this use of the imperfect tense, see Mansion, § 75, *Past Descriptive*.

son corps d'armée: sarcasm, of course, an army corps consisting of two or more divisions and numbering many thousands of men.

laquelle des républiques était revenue: The first French Republic had been set up in 1792, the second in 1848 with the fall of the 'July Monarchy' and the abdication of Louis-Philippe, ending with the *coup d'État* of December 1851 thanks to which Louis-Napoléon Bonaparte seized power and became Emperor.

18 **comprenant qu'il jouait sa réputation**: 'realising that his reputation was at stake'.

la porte du télégraphe: i.e., the door of the post-office.

trottant menu: 'tripping along'.

le pays entier: 'the whole town', see note to p. 71 on *battre pays*.

le populaire: 'the mob'.

"Veuillez aviser au plus pressé": "Kindly take necessar action forthwith".

119 **lui mort**: 'with his death'; regarding such absolute constru tions, see Mansion, § 409.

un drapeau parlementaire: 'a flag of truce'; under th Bourbon monarchy, the national flag was white, hen "réjouirait le cœur de l'ancien maire".

éperdu d'orgueil: 'bursting with pride'.

"sur toute la ligne": "all along the line".

120 **sans qu'aucune gloire illuminât leurs yeux**: 'without o flicker of glory lighting up their eyes'.

une inspiration l'envahit: 'a sudden inspiration crossed h mind'.

la salle des déliberations du conseil municipal: 'the mu icipal council-chamber'.

l'interpella d'une voix sonore: 'addressed it in ringin tones'.

"Tyran, tyran . . .", etc.: a splendid example of politic rhetoric.

et gagner définitivement cette victoire de l'opinion: 'an decisively win this battle to influence public opinion'.

foudroya: (here) 'blazed away at', 'rained fire upon'; ironical since *foudroyer*, literally 'to blast', 'to strike down', is used lightning, and contrasts with the slight damage done to th bust.

L'Aventure de Walter Schnaffs

First published in *Le Gaulois* (11th April 1883), later in the volum *Contes de la Bécasse* (Ed. Rouveyre et G. Blond, 1883).

22 **Robert Pinchon**: a lifelong friend of Maupassant's; they were both at the Rouen *lycée* and belonged to the same group of rowing enthusiasts in Paris.

qu'il avait fort plats et fort gras: 'with his very flat and very podgy feet'.

magnanime: 'high-minded'.

petits soins: 'little attentions', 'loving care'; cf. *être aux petits soins pour quelqu'un*, 'to fuss over someone', 'to wait on someone hand and foot'.

bonnes choses: 'good food'.

disparaît avec la vie: 'comes to an end with life itself'.

roulé dans son manteau: 'wrapped in his greatcoat'.

il pensait longuement aux siens laissés là-bas: 'he would spend a long time thinking of the family that he had left at home'.

A l'heure même: 'Even now'.

23 **lui passerait sur le corps**: 'would trample him underfoot'.

hérissait le poil sur sa peau: 'caused his hair to stand on end'.

un faible détachement: 'a small detachment'.

une résistance préparée: 'organised resistance'.

les arrêta net: 'stopped them in their tracks', 'brought them up short'.

jetant bas une vingtaine des leurs: 'mowing down a score of their number'.

francs-tireurs: See Introduction, p. 6.

la baïonnette au fusil: 'with fixed bayonets'.

à pieds joints: 'feet first'.

un lit de pierres: 'the stones at the bottom'.

dénoncer: 'give him away', 'betray him'.

du lieu du combat: 'from the scene of the fighting'.

24 **Il eut un sursaut épouvantable**: 'He started in terror'.

le cœur de Walter Schnaffs en battit à grands coups précipités: 'Walter Schnaffs' heart thumped wildly as a result'.

Mais par où?: 'But where was he to find them?'

165

sans appréhension possible: 'with no possible risk of arre
(as a deserter).

me constituer prisonnier: 'give myself up'.

son casque à pointe: See Introduction, p. 7.

125 **Ils en feraient une bouillie, une pâtée**: 'They'd beat him
a pulp, make mincemeat of him' (*pâtée*, literally 'dogfood'

des enragés: 'madheads'.

Les hommes d'avant-garde: 'The men of the advan
guard', 'The forward troops'.

sans issue: 'hopeless'.

tapant du cul: 'stamping the ground'; the buck rabbit pr
duces the characteristic thumping sound with his hind legs

126 **il établit le pour et le contre**: 'he weighed up the pros a
cons'.

les plaintes sourdes de ses entrailles: 'the dull rumbling
his stomach'.

effilé: 'sharp'.

127 **le crispa**: 'paralysed him momentarily'.

casqué: 'wearing his helmet'.

Ce fut d'abord un cri: 'At first a cry went up'.

**les hommes renversaient les femmes et passaient dessu
'the men knocked the women down and tramped them unde
foot'.

mangeaille: 'eatables', 'victuals'; cf. the even more famili
boustifaille, 'grub'.

confuses rumeurs . . . bruits sourds: 'muffled sounds . .
dull thuds'.

128 **des paquets de nourriture**: 'great quantities of food'; cf. g
paquet de mer, 'heavy sea'.

Il prenait alors à la cruche au cidre: 'He grabbed t
cider-jug'; see note to p. 68 on *Le cidre*.

**se déblayait l'œsophage comme on lave un condu
bouché**: 'washed the food down as if clearing a block(
drain'.

saoul de liquide et de mangeaille: 'befuddled with food ar
drink'.

Le dernier croissant éclairait vaguement l'horizon: "The last crescent-shaped sliver of moon gleamed faintly on the horizon".

"à l'assaut! mes enfants!": "up, lads, and at 'em!"

armés jusqu' aux cheveux: 'armed to the teeth' (usually *jusqu'aux dents*).

le lièrent des pieds à la tête: 'bound him hand and foot'.

crossé: 'thumped with rifle-butts'; from *la crosse*.

un gros militaire chamarré d'or: 'a stout soldier resplendent in gold braid'.

"ya, ya, ya": i.e., "*ja, ja, ja.*"

29 **soufflaient comme des baleines**: 'were panting like grampuses' i.e., breathing very heavily.

un petit agenda de commerce: 'a little commercial diary' (he was a draper; see p. 130).

"Quelles dispositions dois-je prendre, mon colonel?": "What action should I take, sir?" An officer in the French Army is addressed by subordinates as *mon colonel, mon commandant*, etc.

retour offensif: 'counter-attack'.

repartir: 'move off again'.

garrotté: (here) 'bound'.

Des reconnaissances furent envoyées pour éclairer la route: 'Patrols were sent out to reconnoitre the road'.

Au jour levant: 'At daybreak'.

un aïeul: 'an old man' (literally 'grandfather', pl. *aïeuls*, also 'ancestor', pl. *aïeux*).

30 **deux cents hommes en armes**: a comic over-reaction!

le château de Champignet: a fictitious château.

marchand en drap: 'a draper'.

qui enleva cette affaire: 'who led the assault'.

gardes nationaux: collectively *la garde*, but individually masculine.

1/ Why is B de S classed as "un conte de la guerre"

2/ "Comme il faut peu de choses de vous perdre ou de vous sauvez" Explain this statement with reference to B. de S.

3/ Choose one of the stories in Boule de Suif and explain why you like it.

4/ The With reference to B. de S. demonstrate the art of Maupassant as a short story writer

5/ What are the main themes running through B. de S.

* 6/ What vices of human nature are brought ou in B de S.

Write in 40 minutes excluding note taking

BOULE DE SUIF

et autres contes de la guerre

Guy de Maupassant